Guerra in Alto Mare

Un romanzo sulla Seconda Guerra Mondiale

RICHARD G. HOLE

Guerra in Alto Mare
Un romanzo sulla Seconda Guerra Mondiale

1

Richard G. Hole

Seconda Guerra Mondiale

SOMMARIO

Non ci volle molto per affondare.

Lo fece prima della corvetta, parte della cui struttura appariva ancora sopra l'acqua e la velocità non diede a tutti i suoi uomini il tempo di uscire dallo scafo, che li trascinò in fondo all'oceano.

Decine di barche ora galleggiavano sull'acqua.

Tutti, amici e nemici, indistintamente, remavano furiosamente verso la guardia costiera, ma quest'ultima era assorta nella sua lotta con il secondo sommergibile per potersi occupare di loro.

Guerra in Alto Mare è una storia appartenente alla raccolta della Seconda Guerra mondiale, una serie di romanzi di guerra sviluppati durante la Seconda Guerra Mondiale

GUERRA IN ALTO MARE

Dal ponte di comando della Candell, James Hunter, capitano della Guardia Costiera, si guardò intorno.

Non appena l'occhio poteva arrivare, si stendeva l'enorme convoglio composto da cinquanta navi, che, seguendo la rotta di Murmansk, attraversava il Nord Atlantico, su richiesta di quel porto russo.

Era tardo pomeriggio e un vento leggero proveniente dalla costa della Groenlandia increspava la superficie dell'oceano.

La guardia costiera, qualificata a quei compiti per la carenza di navi da guerra, la cui presenza era necessaria in altri teatri di guerra, attraversò coraggiosamente il settore del lato sinistro del convoglio che era stata preposta alla sorveglianza.

James diresse il suo binocolo in lontananza e notando a malapena il suo atto iniziò a fischiare.

"Sei felice, Capitano?" Chiese Bruce Deut, il secondo in comando.

"Francamente, sì", ha risposto. Abbiamo fatto metà del viaggio senza che succedesse nulla. Anche se è troppo presto per cantare vittoria, credo che questa volta riusciremo a evitare quei dannati sottomarini tedeschi.

Deut si appoggiò alla ringhiera e soffiò il fumo dalla pipa nera.

"Non è troppo tardi per il ballo", ha detto. Aspetta che ci avviciniamo alle coste norvegesi. Quei pirati hanno lì i loro nidi e non ci lasciano passare senza farci muovere un po' al ritmo che ci toccano.

James annuì. Sapeva troppo bene che le parole di Deut erano vere. Non c'era un solo convoglio che potesse vantarsi di aver passato la Norvegia, senza aver subito vittime e non sarebbero stati l'eccezione.

"Lo so", ha risposto, "ma a uno piace sempre pensare che il meglio sta per accadere. E la cosa migliore in questo caso sarebbe che scoppiasse una tempesta regolare, costringendo questi predoni a rimanere nei loro rifugi.

"Forse Dio ti ascolterà e faremo un viaggio tranquillo", rispose Deut.

Era leggermente più grande di James, anche se meno alto e tarchiato, e la barba bionda che si arricciava sulla sua mascella inferiore contribuiva a un aspetto molto più rispettabile.

"Non vedo niente," disse James, abbassando il binocolo.

Deut sorrise scherzosamente.

"Vi assicuro che se arrivano, non passeranno prima il loro biglietto da visita", ha risposto.

Per il resto del pomeriggio e della notte navigarono sani e salvi verso est, ea metà mattina individuarono una linea frastagliata, sulla quale James diresse di nuovo il binocolo.

"Norvegia in vista" disse a Deut che era appena apparso al suo fianco.

"E annuncio di disgusto", rispose quest'ultimo.

Tuttavia, il primo avvertimento per prepararsi allo scontro non fu ricevuto a bordo del "Candell" fino al pomeriggio dello stesso giorno, quando le aspre coste della Norvegia erano già visibili con una certa chiarezza.

L'operatore radio a bordo si presentò a James, con in mano un pezzo di carta, che consegnò al suo capitano dicendo:

«Proviene dal comandante del convoglio.

Hunter ha letto il messaggio. Il commodoro Crayton avrebbe annunciato che una delle navi da ricognizione aveva avvistato un sottomarino nemico venti miglia a sud e gli aveva ordinato di staccarsi dal convoglio per indagare.

"Andremo da soli?" Chiesto Deut.

"Non lo so", rispose James. Ma, se è così, Dio ci aiuti, se diversi sottomarini si sono riuniti per attaccarci.

Diede gli ordini appropriati e la piccola nave cambiò rotta, dirigendo la sua bella prua a sud.

«La calma è finita, Deut», disse.

"Questa è la mia opinione. E penso che i centocinquanta uomini dell'equipaggio siano d'accordo con noi.

"Sono felice di questa unanimità", rispose James.

Qualcosa stava per succedere. Questo era sicuro. Non avevano ancora notizie che un sottomarino tedesco fosse fuggito dalla battaglia quando aveva anche una probabilità del cinque percento di fare danni a suo favore.

Dieci minuti dopo aver lasciato il convoglio, quando ancora in lontananza erano visibili le sagome delle navi che lo componevano, James e Deut distolsero contemporaneamente lo sguardo dal mare, per spostarlo verso il cielo, attratti dal rumore che vi risuonava .

"Mangio il cannone, se non è un aeroplano" disse Deut.

Stava giocando d'azzardo con tutti i vantaggi da parte sua. Il dispositivo era perfettamente visibile in lontananza. La sua massa nera si stagliava nel cielo azzurro, disegnando cerchi che di tanto in tanto interrompeva per lanciarsi su qualcosa nell'acqua.

James lo catturò nel cerchio visibile del suo binocolo e annunciò:

"È un bombardiere della RAF. E, o mi sbaglio di grosso, o sta attaccando il nostro sottomarino.

"Beh, almeno avremo aiuto, se le cose vanno male," disse filosoficamente Deut. Comando per giocare a zafarrancho?

"Sì.

Le campane cominciarono a farsi sentire in ogni angolo della cannoniera e, obbedendo al suo richiamo, tutti gli uomini che componevano l'equipaggio della nave corsero ai loro posti.

Mentre avanzavano verso il luogo dove l'aereo stava combattendo il suo rivale, i compartimenti stagni furono chiusi.

Gli incaricati di sganciare le bombe di profondità, i cannonieri e le squadre di riparazione; aspettarono il momento, i volti tesi.

Erano già a poca distanza dal punto in cui doveva essere il sommergibile, ma non ne percepivano la minima traccia. Il bombardiere si stava dirigendo a sud, ma invece due corvette inglesi che lo accompagnavano per proteggere il convoglio navigavano a tutta velocità alla destra del "Candell".

"Buone notizie", rispose James. Vai avanti!

Il sottomarino sembrava essere stato inghiottito dal mare.

Per più di un'ora esplorarono i dintorni senza alcun risultato. Alla fine Deut disse:

"Beh. L'abbiamo perso.

La guardia costiera girò sui fianchi, dirigendosi verso il convoglio a tutto gas, ma erano a malapena avanzati di mezzo nodo quando le vedette lanciarono un grido di avvertimento.

Il sottufficiale Cawston corse da James eccitato.

«Un sottomarino in superficie, signore», disse. Dietro di noi.

Di nuovo la campanella suonò chiedendo all'equipaggio di uscire. James ordinò di voltarsi e concentrò il suo binocolo sul sommergibile, ma prima che gli artiglieri potessero sparare, si immerse di nuovo.

Tuttavia, non è per questo che il "Candell" ha lasciato il campo.

"Dai! A tutto gas ", ordinò Hunter.

In pochi minuti furono nel punto in cui il nemico era sommerso.

"Comincia a lanciare le accuse", ordinò James a Deut.

Le enormi granate sferiche iniziarono a essere proiettate dalla catapulta, sollevando enormi getti mentre colpivano l'acqua.

Ne furono lanciate una dozzina quando il telegrafista si avvicinò di nuovo a James, che stava osservando la manovra dalla plancia di comando.

Il nuovo messaggio è arrivato da una delle corvette inglesi che navigavano a un incrocio nel Candell. A quanto pare stava attaccando, insieme al suo compagno, un altro sottomarino che aveva scoperto con il suo dispositivo rilevatore.

"Sono già le due" sussurrò James

Di nuovo diede l'ordine di invertire la rotta e si lanciò verso il luogo dove entrambe le corvette stavano lanciando bombe di profondità nella speranza di far saltare in aria il sommergibile, unendosi a loro nel compito.

Dieci minuti dopo, quando l'oscurità era quasi totale, tra la superficie schiumosa del mare comparvero macchie d'olio, rimosse dalle cariche.

"Un nemico in meno", disse Deut.

Sulla nave non era stata accesa nemmeno una luce. James guardò l'orologio, controllando che fossero le nove di sera. Rimase ancora in giro per un po' alla ricerca di nuovi nemici, e infine ordinò al convoglio di inchinarsi.

Per dieci minuti navigarono a tutta velocità, mentre si udivano i commenti gioiosi dell'equipaggio, ma la lotta non era ancora finita, tutt'altro.

Improvvisamente, un'enorme macchia di luce bianca sembrò emergere dal mare. James premette le dita contro la ringhiera del ponte ed esclamò:

"Cristo, Deut! Stanno attaccando il convoglio.

La luce aumentò di intensità e volume, attirando gli sguardi di entrambi i marinai che la fissavano muti e imbronciati.

Schianti di esplosioni lontane iniziarono a raggiungere il "Candell".

I boati dei colpi di cannone si mescolavano alle esplosioni dei siluri e la scena era illuminata da una petroliera già in fiamme e dai razzi lanciati dalle navi scorta per meglio contrastare gli assalitori.

Ordinò che le macchine venissero messe alla massima pressione e le due golette furono presto dietro, ma prima che la guardia costiera potesse raggiungere il luogo del combattimento fu ricevuto un altro messaggio dal convoglio.

Le sue paure non erano prive di fondamento. Questo veniva attaccato da almeno una dozzina di sottomarini tedeschi. Una delle navi che lo componeva era rimasta indietro e l'ordine per il "Candell" era di occuparsi della sua protezione.

"Non mi piace per niente," mormorò James. Preferisco difendere il convoglio.

La schiuma dell'oceano sembrò ribollire sotto la chiglia del "Candell" quando la rotta fu nuovamente cambiata, e mezz'ora dopo furono in vista della nave che seguiva, a circa sei miglia dal convoglio.

Durante la notte si avvicinarono a lui. Deve aver subito gravi guasti in uno dei suoi motori, poiché avanzava a malapena a un terzo della sua velocità normale. James contattò il suo capitano e insieme continuarono il loro viaggio.

"Cosa accadrà più avanti?" Chiesto Deut.

Non potevano sapere. Erano troppo lontani dal convoglio anche per sentire le esplosioni dei proiettili. Solo una debole luce, che si levava sulla superficie dell'oceano con apparizioni spettrali, disse loro che la nave colpita, probabilmente una petroliera, stava ancora bruciando.

Poco prima dell'alba lo raggiunsero, ma ormai la nave era affondata, anche se l'acqua mista all'olio sfrigolava ancora qua e là.

James si accigliò. La lentezza imposta dalla nave mercantile li aveva lasciati soli sulla superficie del mare. Il convoglio si era allontanato e non riuscivano a trovarne traccia.

"Che voto", ringhiò.

Se i sommergibili tedeschi avessero avuto successo nel loro attacco, era possibile che si sarebbero allontanati dalla scena del combattimento, soddisfatti dei risultati.

Ma in un altro caso, forse avrebbero lasciato alcune unità ad esplorare il mare. Ed erano lì, ad accompagnare quell'invalido dei mari...

Quando lo guardò, vide un'enorme colonna di schiuma salire nell'acqua accanto alla nave che stavano scortando.

"Un siluro!" Mormorò. Siamo pronti!

Presto furono attaccati anche loro. Un secondo siluro strappò un ampio cratere nell'acqua dal lato del Candell, non colpendolo per meno di venti metri.

Tutto il personale rimase al proprio posto, i volti tesi.

Adesso James era sicuro che non sarebbero stati attaccati da un sottomarino da solo, ma stava attento a non comunicare i suoi sospetti ad altri, per non demoralizzarli e solo Deut partecipava alle loro paure.

"L'ho capito", rispose con la massima calma. "Siamo entrati in un brutto passo.

Un nuovo siluro ha scavato un solco nell'acqua, ma è passato dietro la guardia costiera. In quel momento le vedette davano la voce di:

"Sottomarino a dritta!

C'era il pirata dei mari, semisommerso. Nella luce incerta dell'alba erano visibili la sua torretta e la scia che lasciava.

Il "Candell" era su di lui alla velocità della luce. Il sottomarino è fuggito dal combattimento e non appena due colpi di cannone sono esplosi accanto ad esso, è sommerso.

Ma era condannato. La Guardia Costiera si librò su di lui e le bombe di profondità furono ripiantate.

Pochi minuti dopo, James annusò l'olio, annunciando che un secondo sottomarino era stato affondato dal "Candell".

Potrebbe essere possibile una tale fortuna? Si chiese.

Era il terzo sottomarino che la Guardia Costiera attaccava in dodici ore e la fortuna non si era ancora stancata di mostrargli il volto.

Un'ora dopo il rilevatore di suoni indicò che un altro sommergibile si aggirava intorno a quei luoghi.

James stava osservando l'oscillazione dell'ago dello strumento ferito dal ronzio del motore del sottomarino quando ha sentito una parola di avvertimento sopra:

"Periscopio!

Seguito da Deut e dal nostromo, salì a tutta velocità la scaletta, in tempo per vedere come scompariva nelle acque, lasciando un vortice, unica traccia della sua presenza.

Al suo comando il "Candell" gli stava addosso, spargendo il mare di carichi, anche se non potevano sapere se lo avevano affondato o no.

"Il suo casco è molto duro se è riuscito a resistere a quel diluvio di esplosioni" ha commentato Deut.

Il quinto sottomarino li incontrò a mezzogiorno. Era in superficie, a circa tre miglia di distanza, e James si rivolse al suo secondo, esclamando:

"Non si immerge. Pensi che ci lascerai indietro?

Quando il "Candell" venne verso di lui, si convinse che non fosse così quando lo vide affondare di nuovo e fu fatta un'altra semina di carica di profondità nel punto in cui scomparve alla vista.

Il tempo, fino a quel momento calmo, ha lasciato il posto a un vento da uragano a metà pomeriggio, che fischiava tra gli equipaggi della guardia costiera, rallentando.

James fece chiamare Deut e Cawston, annunciando che erano vicini al convoglio.

"Tuttavia, non saremo in grado di avvicinarci a lui fino a quando non sarà notte", ha detto. Se gli ultimi due sottomarini non sono stati affondati, magari ci seguiranno e li metteremo sulle loro tracce.

"Il convoglio si è fermato?" Chiesto Deut.

"Solo un terzo di esso, per raccogliere l'equipaggio di due navi che sono state danneggiate e hanno dovuto essere affondate. Ho appena ricevuto un messaggio dal Commodoro.

"Allora cosa facciamo?

"Di tanto in tanto stravolgere la rotta, per fuorviarli.

Quando cominciò a far buio, puntò con decisione la prua verso il convoglio, seguito dal mercantile, che non lasciò il suo riparo.

"Guarda," fece notare Deut all'improvviso.

Di nuovo il bagliore bianco di un falò salì davanti ai suoi occhi.

"Continuano ad attaccare il convoglio," ringhiò James.

Il rilevatore di suoni ha annunciato la presenza di un sottomarino pericolosamente vicino. James poteva vedere che appena cinquecento metri lo separavano da lui e il "Candell" si voltò rapidamente per attaccarli con lo sperone.

"I cannoni!" Tuonò James.

Mentre la guardia costiera attraversava le acque, i cannonieri iniziarono il loro compito.

Era chiaro che il sottomarino era rimasto sorpreso mentre saliva in superficie. Probabilmente l'osservatore stava osservando il convoglio senza accorgersi dell'arrivo della guardia costiera e gli sarebbe costato caro.

Dal ponte, James era entusiasta di vedere che era una nave di buone dimensioni con un'alta torretta e armi pesanti.

I membri dell'equipaggio sono stati catturati nei loro binocoli. Si mossero rapidamente, cercando di allineare uno dei loro cannoni verso la guardia costiera, gridando per tutto il tempo un avvertimento.

"Quelle mitragliatrici!" esclamò James.

Una mezza dozzina di loro, di grosso calibro, spazzavano il ponte del sottomarino, dal quale distavano solo duecento metri.

James osservò l'azione con gli occhi lucidi per l'eccitazione. Accanto a lui, Deut masticava nervosamente la sua pipa.

"Sono i nostri!" Egli ha detto.

Improvvisamente Hunter sentì un forte dolore alla schiena e alla guancia destra e gemette. Deut si voltò verso di lui e si tolse la pipa dalla bocca, vedendo il sangue scorrere lungo il viso del suo superiore.

James immaginò che stesse cercando di aiutarlo e strinse i denti, cercando di controllarsi.

"Silenzio" disse con voce serena. Dammi il tuo fazzoletto.

Deut glielo porse e James si asciugò il sangue dal viso con esso, poi lo mise sulla ferita. Deut esclamò eccitato:

"Scendi dal ponte, James.

"Adesso?" Chiesto questo. Non pensarci nemmeno...

Strinse le mani sulla ringhiera e osservò il combattimento.

"Ci stanno attaccando da dietro, Deut?" Chiese.

"Non che io sappia.

"Allora cosa diavolo mi ha fatto male? La mia schiena sembra come se dozzine di spilli mi fossero conficcate.

Deut si guardò indietro. Lo scudo di uno dei cannoni era caduto, staccato da un proiettile nemico e le schegge strappate dal colpo erano quelle che avevano ferito James.

Il sottomarino ha cercato di virare mentre il "Candell" è piombato su di esso, ma lo sperone di prua della Guardia Costiera ha sferrato un colpo di striscio, facendo cadere a terra metà dell'equipaggio della nave.

Quando si separarono dal sottomarino, i cannoni gli spararono di nuovo a bruciapelo.

James sentì un dolore lancinante alla schiena, ma continuò a dare ordini senza lasciare il suo posto, sentendo mille schegge calde che gli bruciavano la pelle e la carne.

Dimenticò il dolore mentre guardava il suo nemico rabbrividire, scosso dall'impatto.

Una luce lampeggiò per un secondo, poi scomparve e gli uomini iniziarono a uscire dal sottomarino, uno per uno, mentre il mostro affondava lentamente.

"Raccogli i naufraghi", ordinò.

I marinai tedeschi stavano nuotando verso la guardia costiera, ma prima che potessero raggiungere il loro fianco, furono inghiottiti dall'immenso vortice prodotto dall'affondamento della nave e scomparvero assorbiti da esso.

James e gli altri non ebbero molto tempo per sentirlo.

Il Candell stava virando a babordo e il suo capitano apprese presto che aveva un vuoto di quattordici piedi sul fianco, sotto la linea di galleggiamento, attraverso il quale l'acqua stava sgorgando.

Il vento era diminuito di intensità, ma continuava a sollevare grandi onde che lo mettevano in pericolo di naufragio mentre battevano contro i suoi fianchi.

James scese nel luogo in cui era stato localizzato il guasto. Deut, che lo stava seguendo, notò improvvisamente l'enorme macchia rossa sulla sua schiena e gridò:

"Devi metterti nelle mani del dottore. Stai per sanguinare.

"Lasciami in pace adesso!" era la risposta.

Cawston aveva già avviato le pompe di sentina, ma nonostante la loro incredibile velocità, entrava più acqua di quanta ne potessero estrarre e il livello iniziò a salire.

Prima arrivò alla caviglia, poi le ginocchia furono umide per l'acqua salmastra dell'Atlantico.

"Non c'è niente da fare", mormorò il nostromo.

Improvvisamente la luce si è spenta ei motori si sono fermati. James ha giurato.

"Il povero 'Candell' si è trasformato in un ceppo", disse Deut.

"E che tu lo dica. Non so se possiamo restare a galla a lungo.

Le pompe di sentina continuavano il loro lavoro al buio, manovrate a braccetto.

Non era il peggio che l'acqua continuasse a salire lentamente, ma l'incertezza. James sapeva benissimo che la lotta continuava e che in qualsiasi momento avrebbero potuto ricevere un siluro che avrebbe posto fine alle sofferenze della coraggiosa barchetta.

Per loro fortuna era già buio e la visibilità era zero. Non vorresti, Deut lo condusse nella sua cabina quando notò che le sue gambe si stavano piegando, e James era disteso sul letto a faccia in giù.

Il dottor Barnet lo spogliò con mano abile ed esaminò la ferita.

"Ci vorrebbe un potente magnete per rimuovere tante spine quante ne sono rimaste", ha detto. Tuttavia, proverò.

Per mezz'ora, James trascorse le torture dell'inferno. Il dottore gli puntò la ferita con una pinzetta, e ogni pezzo d'acciaio che riuscì a rimuovere costò al marinaio un torrente di sudore.

A metà del compito, prese il fazzoletto che stava mordendo dalla bocca per chiedere a Deut come stava andando la manovra di sentina.

"Siamo riusciti a colmare parte del divario", ha risposto. Stiamo lavorando a lume di candela, ma credo che riusciremo a restare a galla.

Alla fine, Barnet terminò il compito. Quando ebbe finito di fasciarlo, James, il cui viso era pallido e sconcertato alla fioca luce della candela che illuminava la capanna, si sedette sul bordo del letto.

Le ore trascorsero lente e angosciose, finché la luce dell'alba cominciò a filtrare dalla finestra della cabina, facendogli alzare lo sguardo.

E in quel momento, come un presagio di morte, quando sembravano aver trionfato, la voce di uno degli uomini della ciurma risuonò in alto con fremiti di angoscia, facendo trasalire il suo cuore.

"Nave in vista! Sta arrivando da noi!

James quasi gemette.

Balzò in piedi, le labbra serrate per la determinazione. Ora, più che mai, era determinato a combattere a bordo della Candell fino all'ultimo respiro, fino all'ultimo missile, chiunque fosse.

All'improvviso sentì la vista offuscata e le gambe cedere.

"Barnet!" Lui ha chiamato.

Il dottore stava già correndo verso di lui, sostenendolo. James le mise un braccio intorno alle spalle e disse con voce roca:

"Portami di sopra.

Barnet ha cercato di protestare. Grosse gocce di sudore freddo imperlavano la fronte del marinaio, il cui gesto si fece più deciso.

"Non dire niente", ha aggiunto. Sopra.

Era inutile discutere con un uomo così, dotato di una volontà di ferro nonostante la sua giovinezza.

Barnet presumeva che stesse attraversando il calvario dell'inferno e non spiegò dove avrebbe potuto trovare la forza per salire la scala di ferro e salire sul ponte, con il loro aiuto.

Una volta lì, Deut apparve accanto a loro.

"Dov'è la nave?" Chiese James.

Deut lo indicò in una certa direzione a dritta. James fissò cupamente la massa nera che si avvicinava rapidamente e ordinò al suo subordinato:

«Che l'artiglieria sia pronta a sparare immediatamente.

Mentre Deut trasmetteva l'ordine, James mise a fuoco il binocolo sulla nave, che stava avanzando minacciosamente verso di loro.

L'angoscia gli opprimeva il petto. Sarebbe amico o nemico? Avrebbero dovuto combattere ancora, nelle condizioni dei "Candell"?

L'altra nave emerse finalmente dai fili di nebbia che l'avvolgevano, e il suo nome, scritto a poppa in lettere nere, divenne perfettamente visibile a James.

"" Burza "" leggi. " Deut! " gridò di gioia. Non sparare! È il "Burza"! Segnalalo.

Le bandiere volavano in aria. James abbassò il binocolo.

Senza bisogno di loro, è stato in grado di vedere il segnale di risposta che veniva inviato loro dal cacciatorpediniere polacco e che ha suscitato un clamore di applausi dall'equipaggio della malconcia Guardia Costiera.

"Ehi, Giacomo!" gridò Deut dal basso. Viene in nostro aiuto.

Il "Burza" era un cacciatorpediniere polacco che li assisteva nella scorta dei convogli. Nell'evacuazione di Dunkerque, l'aviazione tedesca lo aveva lasciato senza prua, ma, grazie a uno sforzo sovrumano del suo equipaggio e ad un miracolo del cielo che gli permise di restare a galla, riuscì a raggiungere un porto inglese dove misero un nuovo arco.

Da allora ha cacciato i sottomarini tedeschi con la stessa furia come se fossero animali malvagi e aveva un curriculum degno di apparire negli annali del capitano più ambizioso della marina.

Il "Burza" manovrò abilmente, e fu posto accanto alla Guardia Costiera e, con l'aiuto dei suoi uomini, il danno poté essere riparato abbastanza da tornare negli Stati Uniti.

La nave polacca li scortò per due giorni e due notti, finché non furono lasciati a capo di una snella corvetta canadese, che la proteggeva mentre arrivava il rimorchiatore che avrebbe dovuto portarli negli Stati Uniti.

Finalmente le due navi americane si incontrarono in mezzo all'oceano. A quel punto le ferite di James erano in via di guarigione, e mentre la piccola figura del coraggioso rimorchiatore incombeva all'orizzonte, non poté fare a meno di sussultare.

"Cielo, Deut! Quanto sono coraggiosi! Guarda come osa uscire in mare in quella conchiglia...

Né lui né Deut ignoravano che i sommergibili germanici arrivarono con la loro audacia vicino alla costa americana. Inoltre, alcuni di loro avevano navigato a monte del fiume San Lorenzo.

Eppure i sei o sette uomini sul rimorchiatore non avevano esitato a correre tali rischi; consapevole di cosa significasse una nave da guerra in quel momento.

Il capitano del rimorchiatore, un uomo anziano che fumava sul ponte con la stessa calma come se stesse passeggiando per turisti sul lago Michigan, li salutò, agitando la mano in aria.

Immediatamente fu lanciato un cavo contro di loro e il "Candell" salutò la corvetta canadese, ma prima di partire, James regalò ai suoi ufficiali tre magnifici tacchini dal frigorifero della Guardia Costiera.

L'accoglienza riservata al "Candell" nei cantieri dove doveva essere riparato era degno di una nave ad alta quota.

L'intero equipaggio ha ricevuto un mese di licenza e quando è tornato a Philadelphia il "Candell" è stato riparato, nuovo di zecca e come nuovo.

Il divario era stato colmato e le macchine avevano fatto un buon lavoro. Quando James ci risalì, guardò eccitato i centocinquanta uomini che gli sorrisero.

"Ragazzi", disse loro. Siamo ancora nella lista nera di Hitler e abbiamo grandi cose da fare. Suppongo che, come me, non vediate l'ora di rivederli con i vostri sottomarini, ma per ora questo non accadrà, perché ci è stato assegnato un nuovo servizio più riposato e più vicino a casa, anche se non privo di rischi.

Ci furono mormorii di curiosità dai suoi uomini e James sorrise.

"Dillo adesso," lo incitò Deut, che era al suo fianco con gli altri ufficiali.

"Da domani pattuglieremo la costa atlantica, da New York a Halifax", ha detto James.

La maggior parte dell'equipaggio ha accolto con gioia la notizia.

Da diversi mesi aiutavano convogli giganteschi a scongiurare il pericolo dei sottomarini, con grave rischio per loro, e una stagione di pattugliamento riposante, sempre a ridosso della costa, non sembrava loro male.

E così iniziò una nuova vita per il "Candell" ei suoi uomini.

Per tre mesi pattugliarono instancabilmente la costa, finché tutti i suoi porti, le sue insenature e le sue anse, non ebbero loro segreti.

Boston, Providence, Portland, Nieuport e Portsmouth furono regolarmente visitate dal "Candell", senza che nessuna avventura degna di menzione durante quei novanta giorni.

Gli uomini a bordo erano annoiati e lo stesso James desiderava ardentemente l'attività precedente, che contrastava con quella ragazza tranquilla. Così disse Cawston, il nostromo.

"Dicono che i sottomarini tedeschi osano arrivare qui. Non ho intenzione di contraddirli, ma sembra che la nostra presenza sia stata sufficiente per allontanarli.

Non gli ci sarebbe voluto molto per capire che non aveva ragione.

Quello che è successo è che i sommergibili hanno preferito portare le loro vittime al largo e più vicine alle loro basi.

Ma quando si resero conto dell'enorme protezione di cui godevano le navi delle formazioni, non mancarono audaci capitani che presero come obiettivi le coste dell'America.

Il "Candell" aveva una missione di pattugliamento a Cape Sable, Nuova Scozia, dove ha scambiato impressioni con il capitano della corvetta canadese che stava pattugliando la costa canadese.

In una di queste occasioni, Henry Lawson, che fu chiamato capitano della corvetta, gli fece sapere che alla foce del fiume San Lorenzo erano stati avvistati un paio di sottomarini tedeschi.

"Non è difficile sapere cosa stanno cercando", ha detto. Il lago Ontario è diventato un enorme cantiere navale dove vengono costruite navi "Liberty" da diecimila tonnellate, che poi raggiungono il mare via fiume. Non c'è dubbio che siano buone prede.

"Penso che tu abbia ragione," sostenne James. Comunque questo è molto più a nord del nostro limite, ma se ti trovi in difficoltà, non esitare a chiamarci.

Lawson lo ringraziò per l'offerta. Aveva circa l'età di James.

I suoi capelli neri, gli occhi penetranti e il naso dritto parlavano di una discendenza latina, probabilmente francese.

Quando lasciò il Candell, Deut scosse la testa e disse:

"Mi piace quel ragazzo. È sereno e calmo e uno di quelli che danno qualcosa da fare quando vengono punzecchiati.

Lawson salutò dalla barca che trasportava la sua corvetta, la "Canadian", si fermò a un quarto di nodo di distanza, ei due marinai ricambiarono il saluto.

Il canadese si allontanò da loro dirigendosi a nord. Deut, a sua volta, chiese a James:

"Andiamo?

"Non c'è fretta", ha risposto. Esploreremo la Baia di Fundy.

La profonda baia si apriva, già in territorio canadese, tra la terraferma e la penisola della Nuova Scozia. Il "Candell" è entrato in lei, esplorandola a fondo per due giorni, senza trovare nulla di anormale.

Quando lo lasciarono, James mostrò il desiderio di prolungare un po' il suo normale viaggio verso nord.

Così scavalcarono la piccola cosa della Nuova Scozia e passarono Halifax, continuando la loro marcia verso nord. Poco dopo, a Sherbrooke, James diede l'ordine di voltarsi.

Erano appena avanzati di mezzo nodo quando gli occhi d'aquila di Deut si fissarono su un aereo ad alta quota.

Anche i membri dell'equipaggio dell'aereo devono averli visti, mentre scendevano ad alta velocità e iniziavano a girare intorno al "Candell".

"È canadese", ha detto James. "Cosa vorrà da noi?

"Forse ci avverte che siamo nelle sue acque" rispose Deut.

"Non credo sia quello.

Non gli ci volle molto per vedere che aveva ragione quando il telegrafista gli consegnò un messaggio che diceva di aver appena ricevuto dall'aereo. James lo lesse e poi lo porse a Deut, chiedendo:

"Che ne dite di?

"Due sottomarini stanno attaccando una corvetta canadese al largo di Louisbourg" recitava Deut per la seconda volta. Perché non vi unite al divertimento?

"Potrebbe essere Lawson?" Chiese James.

"Non possiamo rifiutare un invito così cortese," rispose James. D'altronde è la prima occasione di divertimento che ci si presenta in tre mesi. Andiamo la.

Il Candell sfrecciò verso nord a tutto gas.

Appena un quarto d'ora dopo, il telegrafista entrò in contatto con la corvetta.

"È il 'canadese'", ha detto a James, che ha seguito le sue manipolazioni con il massimo interesse.

Fagli sapere che stiamo venendo in suo aiuto.

Il telegrafista chiese maggiori dettagli e seppero che la corvetta aveva scoperto un sottomarino accucciato nello stretto braccio di mare tra Terranova e l'isola di Cape Breton.

"L'equipaggio dell'apparato ha parlato di due sottomarini" ha ricordato Deut.

"Beh. Lo scopriremo presto.

La brezza gelida di Terranova squarciava i loro volti. Il mare era calmo, ma i fili di nebbia si facevano più fitti mentre si avvicinavano alla scena del combattimento.

Pochi minuti dopo, il boato dei cannoni raggiunse le sue orecchie. A quel punto, la corvetta stava lanciando messaggi di soccorso urgenti, dimostrando che era in gravi difficoltà.

"Più veloce!" Ruggì James.

Le macchine della Candell stavano lavorando a tutto gas.

La nave si muoveva rapidamente, come nei suoi giorni migliori, ma tutta la velocità era troppo lenta per l'impazienza di James.

Improvvisamente i messaggi "canadesi" sono diventati brevi segnali di tre lettere, trasmessi a intervalli regolari.

"SOS...SOS...

"Cawston," ruggì James attraverso il telefono interno, "non puoi ottenere più velocità da questa dannata barca?

"Mi dispiace, signore", rispose il nostromo a disagio. Stiamo per scoppiare da un momento all'altro.

"Anche se è così, aumenta la pressione.

Il "Candell" stava volando. I rimbombi dei colpi di cannone suonavano sempre più diversi, risaltando più chiaramente contro il rumore dell'aria che spazzava il ponte.

"La corvetta non spara più", disse James. La stanno finendo a colpi di cannone.

Deut annuì. Deve essere stato più di un sottomarino che stava sparando alla nave canadese, perché fosse in grado di sconfiggerla. Improvvisamente la voce del guardiano squarciò l'aria

"Li vedo, Capitano," esclamò. Sono due...

Gli artiglieri erano al loro posto, pronti a usare i cannoni, ei server delle catapulte a carica di profondità stavano aspettando solo l'ordine di entrare in azione.

Poco dopo, lo spettacolo era visibile a tutti.

Il "canadese" stava lentamente sprofondando nelle fredde acque dell'oceano.

L'aereo sorvolò lui e i sottomarini, ma lo tennero a bada con le loro mitragliatrici antiaeree, mentre tentavano di accelerare l'affondamento della corvetta con i loro cannoni di coperta.

"Fuoco, Deut!" gridò James. Cerca di mirare bene.

Lo sbarramento "Candell" è stata la prima notizia per gli entusiasti equipaggi di U-Boot della sua presenza alle loro spalle.

I proiettili sollevarono getti d'acqua accanto a uno di essi. Attraverso il binocolo, James poteva vedere i membri dell'equipaggio che si precipitavano giù dal ponte per tuffarsi.

Bisognava fare in fretta per non permetterlo.

Mentre la Guardia Costiera avanzava, i suoi cannoni squillarono di nuovo e James lanciò un grido di gioia quando vide che uno dei sottomarini era stato colpito.

"La corvetta sta affondando", mormorò, "ma almeno la vendicheremo.

L'equipaggio della nave canadese si è precipitato in salvo nelle barche.

Nel frattempo, il secondo sottomarino stava lentamente sommergendo e James diede l'ordine di dirigersi verso di esso, senza smettere di sparare all'altro.

Non ci volle molto per affondare. Lo fece prima della corvetta, parte della cui struttura appariva ancora sopra l'acqua e la velocità non diede a tutti i suoi uomini il tempo di uscire dallo scafo, che li trascinò in fondo all'oceano.

Decine di barche ora galleggiavano sull'acqua. Tutti, amici e nemici, indistintamente, remavano furiosamente verso la guardia costiera, ma quest'ultima era assorta nella sua lotta con il secondo sommergibile per potersi occupare di loro.

Le bombe di profondità cominciarono a cadere nel punto in cui si trovava poco prima, quello. Una dozzina di loro esplose a poca distanza l'uno dall'altro, prima che James ordinasse di tornare indietro per fare una nuova semina.

Nel frattempo, gli occupanti di una coppia di imbarcazioni del "Canadian", ormai definitivamente affondate, erano riusciti ad avvicinarsi al "Candell" e stavano risalendo le fiancate della guardia costiera, aiutati dal suo equipaggio.

James scrutò la superficie del mare. Il vento aumentava di intensità di secondo in secondo e non era in grado di distinguere la macchia d'olio prevista su di esso. Deut stava ancora accusando, ma era chiaro che era perplesso e disorientato. Finalmente salì sul ponte.

"Quel bastardo ci è sfuggito," borbottò.

Nuovi naufraghi continuavano ad arrivare al Candell James vide dal ponte che Henry Lawson era uno di loro e ne fu felice in cuor suo.

Stavano raccogliendo gli occupanti dell'unica barca che era riuscita a staccarsi dal sottomarino affondato, quando la vedetta esclamò:

"Periscopio in porto!

James guardò lì.

Era difficile da credere, nonostante fosse vero. Il sottomarino si era abilmente manovrato sotto il suo naso, posizionandosi quasi dietro di lui, in una posizione magnifica per lanciare i suoi siluri.

Una scia bianca si allungava nell'acqua verso il "Candell".

Era inaudito. Su cento sottomarini, novantanove sarebbero fuggiti, approfittando della confusione che seguì entrambi i naufragi, ma quel pazzo insistette per combattere.

Bene. Non sarebbe stato lui a fermarlo. Anche Deut aveva notato la minacciosa linea di schiuma e aveva manovrato abilmente, evitando la collisione.

"Attenti al secondo siluro!" gridò James.

Il suo avvertimento è stato inutile. Il "Candell" si mosse agilmente, ma non poté evitare l'impatto e un'orrenda esplosione lo scosse, mentre stava per lanciarsi contro il sommergibile.

James fu gettato a terra, ma si rialzò in piedi e scese sul ponte.

Il siluro aveva strappato un pezzo di poppa del Candell, attraverso il quale l'acqua sgorgava.

Deut si dedicò al lavoro di rimpicciolirlo mentre altri uomini portavano via i feriti da quel luogo. James tornò al ponte, digrignando i denti per la rabbia.

Lawson era lì e ha commentato:

"Sta diventando brutto.

"Ora vedrai cosa c'è di buono," mormorò James.

Obbedendo ai suoi ordini, il "Candell" si lanciò verso il luogo dove si trovava il sottomarino.

Non sparò più, forse pensando che la breccia sarebbe bastata ad affondare la guardia costiera.

Il dispositivo, da parte sua, volava molto vicino all'acqua e di tanto in tanto gli sparava contro le sue mitragliatrici, indicando la posizione del sottomarino.

"Carichi!" gridò James.

Le temibili sfere ricominciarono a cadere. Le loro esplosioni furono così intense che il "Candell" sobbalzò spasmodicamente senza fermarsi.

Era impossibile per il sommergibile resistere a tante esplosioni e, infine, quando l'aria si fece uragano, sollevando onde minacciose, la macchia d'olio che ne annunciava la distruzione emerse in superficie.

Poi James è stato in grado di prendere in mano la situazione.

Il Candell aveva subito danni enormi alla poppa. In effetti, tutto era stato strappato dalle radici, ma fortunatamente Deut era riuscito a sollevare un muro con sacchi di cemento fino al di sopra della linea di galleggiamento, sfruttando i ferri ritorti.

"Cattivo," mormorò James. La nave è sovraccarica.

Oltre al suo normale equipaggio, portò con sé i cento membri dell'equipaggio della corvetta, nonché un equipaggio di prigionieri tedeschi del sottomarino, che rimasero sul ponte ben custoditi.

Ehi, Lawson. Conosci queste acque meglio di me ", ha detto. Qual è la costa più vicina?

"Terranova", rispose il canadese. Port Aux Basques non è lontano. Se riusciamo ad arrivarci...

"Se non fosse per questo maledetto vento...

La "Candell" era una nave molto adatta alla navigazione, ma in queste condizioni, ferita a morte e sovraccarica di uomini, era molto difficile per lei mettersi in salvo.

James Hunter e Henry Lawson erano due bravi marinai per cercare di ingannare se stessi. Con un solo sguardo si capirono, ma con un altro decisero di lottare fino alla fine.

Mancavano ancora due ore al calar della notte, ma la nebbia incombeva sulla guardia costiera, aumentando l'angoscia della sua agonia.

Le onde si accumulavano furiosamente, sbattendogli i fianchi, e il coraggioso "Candell" rimbalzava sulle sue schiene schiumose come una palla di gomma nelle mani di ragazzi dispettosi.

Sul ponte, gli uomini si aggrappavano ovunque per non essere trascinati in mare. Sotto, Deut e i suoi uomini lavorarono duramente, cercando di rimuovere una piccola parte dell'acqua che vi entrava dalla nave.

Fortunatamente, le macchine rispondevano con fermezza e il "Candell" continuava a dirigersi verso nord, sperando di raggiungere il piccolo porto di Aux Basques.

Nella cabina di pilotaggio sul ponte, James ed Henry osservarono le masse grigie di onde in movimento battere sulla nave, sciogliendosi in merletti di schiuma.

James ordinò loro di cercare Deut e, quando lo ebbe all'altro capo del telefono interno, gli chiese come andavano le cose al piano di sotto.

"Il male" rispose Deut senza palliativo. "Le onde hanno distrutto tre volte il muro di sacchi di cemento. Penso che tutto sia perduto.

Hunter si morse il labbro inferiore, rifiutandosi di arrendersi.

"Hai idea di dove siamo?" Chiesto Deut.

"Circa sei miglia al largo della costa di Terranova," rispose James.

"Sicuro? Pensavo che il mare ci stesse trascinando dentro.

"No. Le macchine rispondono bene. Forse possiamo arrivarci.

Henry scosse la testa, obbedendo all'impulso che il "Candell" non sarebbe più salpato.

Mezz'ora dopo, James era anche convinto che tutti gli sforzi per impedire che questo fosse l'ultimo viaggio della Guardia Costiera fossero inutili.

Il varco non solo cedette il posto alla furia incontenibile dell'oceano, ma le onde, battendosi contro i bordi, lo allargarono sempre di più, strappando i sacchi di cemento disposti da Deut, nonché le assi di legno e le travi d'acciaio. della struttura.

"Niente da fare", disse Deut. "A poco a poco rimarremo senza barca.

L'acqua arrivava alle ginocchia degli uomini e il "Candell" sembrava respirare come un mulo su per una collina con quattro uomini sopra.

"Non può più nemmeno con la sua anima", ha sottolineato Cawston.

Ciò ha portato James a ordinare al telegrafista di iniziare a chiamare aiuto.

"Non avanzeremo nulla", disse Henry. Tutte le navi sono riparate nei porti. Se c'è qualcuno al di fuori di loro, avrà abbastanza a che fare con se stesso.

"Rimarremo sulla nave finché potrò resistere", decise James. È pericoloso abbassare le barche con questo vento.

Henry era d'accordo con lui, ma entrambi pensarono con angoscia nel momento in cui furono costretti a occupare le barche, nonostante tutti i pericoli.

Il vento aveva ceduto, ma la nebbia si stava addensando.

"Spero ancora..." iniziò a dire James, ma in quel momento le luci si spensero, interrompendolo.

"Cosa c'è che non va, Cawston?" Ha chiesto attraverso il tubo.

"L'acqua annega le macchine", rispose il nostromo. "Ehi, capitano. È inutile continuare. Gli uomini iniziano a spaventarsi.

"Va tutto bene. Fateli salire sul ponte" ordinò il giovane. Si rivolse a Henry e aggiunse: "È preferibile lasciare la nave prima che affondi". Non voglio precipitazioni inutili.

I macchinisti e le squadre di riparazione si stavano presto radunando sul ponte. Il "Candell" era già un giocattolo delle onde, ma la forza del vento stava diminuendo apparentemente e l'oceano si stava calmando come se fosse già sicuro della sua preda.

Le lanterne a olio ausiliarie erano accese, e nella loro luce sbiadita James lanciò un'occhiata al gruppo di uomini dal viso scuro.

"È terribile", ha detto. Le barche saranno sovraccariche.

"Se la tempesta si placa, possiamo raggiungere la costa", ha detto Deut.

James aspettò ancora qualche minuto. Il vento dell'uragano che aveva ucciso il "Candell" si trasformò in una brezza gelida, ma la Guardia Costiera iniziò a sdraiarsi sul lato destro. Era impossibile ritardare ulteriormente il gioco.

Gli uomini si schierarono davanti alle barche, che stavano scendendo verso il mare, e ognuno di loro era occupato dal doppio di quanto la loro sicurezza consentiva, affondando pericolosamente nell'acqua.

"Cosa dobbiamo fare con i prigionieri?" Chiesto Deut.

James serrò le mascelle.

"Sono uomini come noi e ci hanno affidato la loro vita", ha detto. Devono essere salvati. Distribuiscili, Deut. Uno in ogni vaso.

I marinai statunitensi e canadesi non erano esattamente contenti del nuovo ordine. Tutti si stavano già stringendo in modo inverosimile e il minimo peso diminuiva le possibilità di raggiungere il suolo.

Alla fine, furono staccati dal lato, finché uno solo rimase accanto a lui.

"Giù, Cawston. E anche tu, Deut ", ordinò James. Henry, mi ha fatto molto piacere conoscerti ", disse, tendendo la mano al canadese.

"Non vieni?" Chiese il nostromo.

"No," rispose James con integrità. "Resterò a bordo fino a...

"È pazzesco. Non lo permetterò", ha esclamato Deut.

Gli occhi di James brillarono.

"Giù, ho detto. Con voi tre, quella barca trasporta altri dieci uomini. Basterebbe il mio peso per affondarlo.

"Resterò con te", decise Henry.

"E io" disse Deut.

"Anche io", ha aggiunto Cawston.

"Non puoi disubbidirmi", ha detto. Giù, ho detto.

Cawston esitò. Il "Candell" si è piegato per un momento. Voci di urgenza provenivano dal basso.

James infilò la mano sotto l'impermeabile ed estrasse una pistola dalle pieghe.

«Ho detto scendi» disse, brandendolo minacciosamente davanti agli occhi del nostromo.

Cawston esitò. Lanciò un rimprovero e si mise a cavalcioni sul ponte.

"Tu, Deut. E tu.

"Non me ne vado, anche se mi uccide", ha risposto Henry Lawson. Sono un capitano tanto quanto te.

"Ma non da questa nave," ruggì James. Vattene e non preoccuparti per me. Ho un gommone e con esso proverò...

"Mi dispiace, ma resto". La voce di Henry era ferma come una roccia.

I due uomini si guardarono in modo antagonistico per un secondo. Dal basso risuonarono di nuovo richiami angosciati perché si affrettassero. James abbassò la pistola, che trasportava Deut.

"Spara se vuoi", rispose, "ma io non me ne vado. Qualunque cosa accada di te, sarà di me.

Hunter mise via la pistola.

"Beh, sai che non posso farlo", ha detto. Ehi, quelli in barca! Allontanati da qui.

Dal pozzo buio al di sotto giunse la voce allarmata di Cawston:

"E tu?

"Vattene, ho detto. Tra pochi minuti sarà tardi.

Si sentivano i colpi ritmici dei remi. Poi la voce del nostromo uscì dall'oscurità intorno al Candell, desiderando:

"Buona fortuna, Capitano!

"Cawston..." mormorò James con voce tremante.

Per dieci mesi avevano navigato insieme, correndo pericoli e bei tempi, che avevano instaurato tra loro una profonda amicizia, per arrivare a questo...

Il Candell si sporse ulteriormente nell'oceano, stanco di combattere. Il vento era ancora forte, ma il mare era più calmo e quasi sicuramente le barche sarebbero riuscite a raggiungere la terraferma.

"Andiamo" esortò Deut, "la nave affonderà presto.

"Vai a prendere il gommone," rispose James. Mettiamoli tutti e tre.

Deut correva già sul ponte, che era inclinato di circa trenta gradi. James lo vide arrivare alla casamatta dov'era la barca ed uscire con lui e una grossa pompa per riempirla d'aria.

In pochi minuti hanno eseguito l'operazione. Quando stavano per lanciare l'aggeggio di salvataggio in acqua, il "Candell" tremò come se un pesce gigantesco lo avesse tirato giù.

"Presto, Deut!" esclamò James.

La nave finì di inclinarsi piuttosto rapidamente, pur chinandosi.

Alla fine l'acqua toccò i loro piedi. Posarono la barca e Henry Lawson vi salì.

Poi James e Deut lo fecero, ciascuno da un lato, ed entrambi maneggiarono vigorosamente le pagaie per allontanarsi dalla nave ferita.

La barca era abbastanza grande da contenerli tutti e tre, ma senza alcun tipo di allentamento. I suoi ampi bordi, pieni d'aria, erano quasi al livello dell'acqua, sostenendo l'assalto delle onde. I due marinai remavano veloci con gli occhi fissi sul "Candell"...

La coraggiosa Guardia Costiera strillò di nuovo, come per dire il suo ultimo addio, e affondò rapidamente.

Le acque del mare si aprirono per accoglierlo e le luci ad olio si spensero, lasciando tutto immerso nell'oscurità assoluta.

Tuttavia, il terrificante suono dell'aspirazione raggiunse le sue orecchie e l'airboat barcollò pericolosamente sul bordo del vortice, costringendo James e Deut a mettere tutte le loro forze nelle loro mani.

In quel momento, come se avesse solo soffiato per affondare la guardia costiera, il vento cessò di gemere come per magia ei tre uomini si ritrovarono soli nell'immensa oscurità dell'Oceano Atlantico.

Deut sospirò.

"Bene," disse. Dove siamo diretti?

Non c'era una sola stella con cui orientarsi.

Henry era dell'opinione che fosse meglio restare fermi dov'erano, aspettando che la luce dell'alba permettesse loro di dirigersi verso la costa, ma James scosse la testa con enfasi.

"Sarebbe praticamente impossibile", ha affermato. "D'altra parte, sono sicuro di non essere nella direzione sbagliata. Pagaiatevi. Io condurrò.

Deut e Lawson gli obbedirono. Soprattutto il primo, aveva già avuto più di una volta campioni della mirabile abilità del giovane marinaio nell'orientarsi al buio.

Spinto dai remi, il gommone si muoveva con esasperante lentezza. James sembrava sapere cosa voleva, ma Henry Lawson si chiese a disagio se si fosse sbagliato.

"Abbiamo pagato un pesante tributo per la nostra vittoria", disse Deut, continuando a muovere il remo.

"Se non fosse stato per la tempesta, il povero 'Candell' sarebbe stato salvato," replicò James.

Per tre ore remarono senza sosta, anche se senza fare grandi sforzi. James li sollevò per alcuni istanti e li lasciò riposare per altri, durante i quali consumarono qualche sigaretta. Alla fine di uno di essi, Henry Lawson ha espresso la sua opinione:

"Mi sembra che stiamo girando in cerchio, come un cane che vuole mordersi la coda In questa oscurità... Avremmo dovuto già atterrare.

James non si preoccupò di contraddirlo. Aveva smesso di fumare ed era rigido, la testa inclinata a destra.

"Ascolta, leone marino", rispose alla fine. Conosci quel rumore?

"Sono i postumi di una sbornia..." disse Deut. "L'acqua che si infrange sugli scogli.

"Esatto," rispose James, e c'era una nota di trionfo nella sua voce. Cosa dici adesso?

"Confesso che mi sbagliavo", riconobbe Henry.

"Dove pensi che siamo?

"Vicino alle Isole San Pedro" disse il canadese. O le insidie davanti a loro. Se è così, dovremo stare attenti.

"Beh. Penso che dovremmo continuare.

Di nuovo furono afferrati i remi e la barca fu spinta verso il luogo da cui proveniva il rumore delle onde che si infrangevano sugli scogli, che a poco a poco si faceva più distinto e preciso.

"Ci stiamo avvicinando," avvertì James.

Cercò di perforare l'oscurità con gli occhi, ma non riuscì a vedere altro che la schiuma fosforescente che si scomponeva in sottili goccioline luccicanti.

Desiderava che la luna potesse sfondare la barriera di nuvole che la nascondeva, ma il suo desiderio non era sufficiente per raggiungerlo.

"Cosa sai di quelle insidie, Henry?" Chiese.

"Sono pericolosi", rispose il canadese. Per me li eluderei. Un miglio più a nord, appena dietro di loro, c'è l'isola di San Pedro. Potremmo andare lì.

"Lo faremo. Il rumore servirà da guida.

Orzarono leggermente verso est. Poco dopo, il rumore fu alla sua sinistra e la luce fosforescente causata dalla marea cominciò a svanire in lontananza.

In quel momento James ed Henry stavano remando, Deut fissò lo sguardo da qualche parte in lontananza. Poi si rivolse a loro e chiese:

"Sei stanco?

"Un po'", rispose Henry, "ma posso ancora resistere per un'altra mezz'ora.

"Allora perché diavolo non remi?

"Non remiamo?" Chiese James, perplesso. cosa intendi?

"Che non ci muoviamo da dove siamo", esclamò Deut.

James ha dimostrato che aveva ragione. O meglio, aveva ragione il suo compagno, perché, non solo non avanzavano di un centimetro, ma sembravano indietreggiare.

"Che strano!" borbottò James.

"Strano? Niente di tutto ciò. Siamo andati a cadere in un ruscello", ha risposto Henry". Ora ci trascinerà di nuovo a sud e saremo molto fortunati se riusciremo a evitare le insidie.

James e Deut rimasero in silenzio.

Enrico aveva ragione. O riuscivano a vincere la spinta o si sarebbero presto trovati davanti ai bordi frastagliati delle scogliere di San Pedro.

"Andiamo ragazzi!" Incoraggiato Deut. Pagaia forte.

James e Lawson si tolsero gli impermeabili, che lasciarono sul fondo della barca, e remarono più forte che potevano, ma fu inutile.

Era come voler combattere un gigante migliaia di volte più forte senza armi.

Deut sollevò Henry, ma il suo sforzo non cambiò minimamente la situazione. Lentamente ma inesorabilmente la corrente li portava verso le rocce.

James smise di muoversi.

"Non mandarne più" disse a Deut. "È inutile e ti stanchi solo. Lascia che sia ciò che Dio vuole.

Gli occhi dei tre naufraghi si posarono sugli scogli, come posseduti da una potente calamita, che li attraeva a morte.

A poco a poco la fosforescenza dell'acqua, divisa in miriadi di goccioline, si fece più visibile, e all'improvviso furono sospinte in avanti.

Il rumore dell'acqua che sbatteva contro le rocce si fece più forte. La barca superò rapidamente un'alta roccia, precipitando in un'ondata di forme immobili che si levavano basse sopra la superficie.

James cercò di pagaiarlo, e ci riuscì per molto tempo, mentre Henry deglutì a fatica e Deut mormorò imprecazioni sempre di più.

Ad ogni nuova spinta, la barca era sospesa nell'aria, avanzando, tra le rocce. Non appena un'onda si è ritirata, è stata sostituita da un'altra, che l'ha sollevata nella sua missione di giocare con le vite dei tre uomini.

Improvvisamente i suoi occhi caddero su un'enorme roccia che sembrava muoversi verso di lui a rotta di collo.

"Attento!" gridò James.

Spinse il remo in avanti per attutire il colpo, ma si scheggiò e il marinaio fu scaraventato fuori dalla barca per la forza dell'impatto.

Allo stesso tempo, dozzine di creste rocciose hanno scavato nella barca, strappando la gomma e l'involucro di seta, e la barca si è sgonfiata in pochi secondi attraverso un paio di ampi varchi.

James nuotò vigorosamente verso la roccia, desiderando ardentemente raggiungerla prima che arrivasse un'altra ondata di mare.

I vestiti erano un ostacolo, ma non si fermò a spogliarli e raggiunse il retro della pietra, dove regnava una relativa calma.

L'enorme roccia era meno ripida su quel lato. Trar forza dalla debolezza. James è salito su di esso.

Quando arrivò in cima ansimava stancamente, ma si considerava felice di aver salvato la vita, chiedendosi che ne fosse stato dei suoi compagni.

Seduto sulla roccia, osservò le acque tempestose che schiantavano la loro furia contro la base, come se volessero distruggerla.

"Deuto!" Lui ha chiamato. Deut... Henry!

Nessuno ha risposto alla sua chiamata.

James strinse i denti mentre affrontava la notte, fredda, buia e silenziosa. Possibile che fosse l'unico sopravvissuto dei tre occupanti della barca?

Che sorte avrebbero avuto gli equipaggi del "Candell" e del "Canadian"? E i prigionieri tedeschi?

Tutto quello che è successo gli sembrava irreale. Era impossibile che un simile incubo fosse vero. Si sarebbe sicuramente svegliato presto.

Il freddo che lo penetrò fino alle ossa gli fece vedere crudamente che non stava sognando, ma che era in carne ed ossa, solo e insensibile su uno scoglio battuto dal mare.

Di nuovo chiamò:

"Deut! Henry!

Gli parve di udire un gemito che lo raggiungeva a breve distanza. James si chiese se fosse vero o fosse solo un altro aspetto delle acque che si agitavano contro le rocce, e ripeté il richiamo.

Il gemito raggiunse di nuovo le sue orecchie, più chiaro e distinto di prima.

Chi sarebbe? Deut o il canadese? Chiunque fosse, sembrava aver bisogno di aiuto immediato. Forse era stato ferito quando il suo corpo era stato scagliato contro una roccia, che era riuscito disperatamente ad afferrare.

E doveva stare lì inattivo, ad ascoltare quei gemiti, che erano come tante altre richieste di aiuto, senza poter venire in aiuto del disgraziato che li lanciava.

Il pensiero di James attraversò l'idea, la folle idea di tuffarsi in acqua e nuotare fino al punto in cui si trovava l'uomo ferito, ma la liquidò immediatamente come poco pratica.

Tuttavia, i gemiti lo riportarono in vita e, spinto dall'ansia, James scivolò giù dalla roccia.

Entrato in contatto con le fredde acque del mare, si tolse gli stivali, lasciandoli in una fessura nella scogliera, e risolutamente entrò in acqua e nuotò con vigore verso destra.

Un'onda lo gettò via, ma riuscì ad aggrapparsi a una roccia che sporgeva a malapena dall'acqua del mare.

I gemiti non si sentivano più. Giacomo fece un corno con la mano sinistra e chiamò i suoi compagni, ricevendo in risposta una vocina che risuonò poco dopo.

Approfittando della ritirata di un'onda, nuotò di nuovo fino a un secondo passo, dove chiamò di nuovo.

Il gemito echeggiò di nuovo nelle sue orecchie, più chiaro di prima.

James fissò ostinatamente i suoi occhi su un gruppo di piccoli scogli che giaceva davanti a lui, ad appena trenta metri di distanza, e rannicchiato nel suo riparo, osservò il riflusso del mare prima di nuotare rapidamente verso di esso.

Toccando una delle pietre, gli parve di vedere qualcosa muoversi tra le altre.

Con maggiori precauzioni, per evitare tagli con i bordi delle rocce che lo circondavano da tutte le parti, si diresse verso quel punto.

"Sei tu, Deut?" Chiese.

"No", rispose una voce debole. "Io sono... Enrico.

Il canadese era disteso a faccia in giù su un piccolo altopiano, poco più grande del suo corpo, formato da decine di piccoli scogli contro i quali le onde spumeggiavano.

Ognuna che veniva, inzuppava sempre di più il suo corpo prostrato, ma non aveva la forza di staccarsi da lì.

James si arrampicò sull'altopiano, sedendosi su di esso, accanto al marinaio.

"Sei ferito?" Chiese.

"Sì", rispose Henry. Nella testa devo aver... perso molto sangue.

"Non riesco a vederlo ora. Sanguina ancora?

"Penso di no.

James cercò di metterlo più a suo agio, appoggiando la testa tra le sue gambe per proteggerti dall'acqua con la schiena.

Era tutto quello che poteva fare per lui e lui desiderava che l'alba arrivasse presto.

È stato materialmente trasformato in un iceberg. I suoi denti sbattevano l'uno contro l'altro, spinti dai brividi del freddo, e provava la sensazione angosciosa di non poter sopportare la tortura dell'acqua che gli sbatteva incessantemente contro la schiena.

Accanto a lei, Henry esalò stancamente, ma aveva ancora la forza di chiederglielo.

"E Deut?

"Non so cosa gli sia successo," rispose James. Probabilmente è morto, lavato via.

“Io... mi dispiace.

"Non parlare, Henry. Sei molto debole.

Il canadese gli prese una mano e la strinse così leggermente che James si allarmò.

E così passarono altre due ore, lente, silenziose e fredde.

James cercò di rallegrare il suo compagno di combattimento, ma anche senza vederlo, poteva sentire Henry Lawson indebolirsi di minuto in minuto e si chiedeva se potesse sopportare questo calvario.

Alla fine, una leggera sfumatura grigiastra aleggiava sull'oceano, mentre le acque smettevano di battere le rocce. James emise un sospiro ansioso e fissò la fonte della luce, che divenne bianca con esasperante lentezza.

Henry aprì gli occhi e cercò di sorridere, ma il suo viso, pallido e straordinariamente tagliente, fece solo una smorfia a James che alludeva al suo vero stato.

Appena poté vedere, il che era poco, a causa della nebbia che si levava come un sipario dalle acque fredde e salmastre, non riuscì a scorgere la minima traccia di Deut.

Solo gli scogli, nerastri, imponenti e tristi, si ergevano tra loro e il mare aperto.

"Come ti senti, Henry?" Chiese.

"Beh... adesso", rispose il canadese. Non fa male... niente.

Giacomo non ha risposto. Troppo bene sapeva che quella tranquillità era una semplice pausa tra il dolore e la morte.

Aveva visto morire molti uomini, le cui sofferenze cessavano un'ora o due prima che la loro vita si spegnesse, come se la morte, già certa della sua preda, concedesse loro quell'ultima grazia di portarli via senza dolore.

Henry Lawson ha avuto un tremendo trauma cranico, dal quale deve aver perso sangue per molto tempo.

Probabilmente era diventato insensibile dopo essere riuscito a issarsi tra quella manciata di sassi e l'acqua del mare, battendo contro la ferita, aveva impedito al sangue di coagularsi.

La verità era che se non si riceveva aiuto, l'unica cosa che ci si poteva aspettare era un esito fatale.

La nebbia che li avvolgeva cominciò a sollevarsi, lasciando il posto a una maggiore chiarezza, ma il mare era invisibile anche a grande distanza. Un'ora dopo, Henry sussultò.

"Hai freddo?" Chiese James.

Il canadese non ha risposto. Forse non l'aveva sentito. Era lo stesso comunque, perché anche se sapeva che si stava raffreddando per il freddo, non poteva avvolgerlo più di quanto non avesse già fatto.

In realtà, a parte la camicia ei pantaloni, gli altri vestiti di James si adattavano al suo corpo, anche se era difficile dire se fornissero calore o rubasse quel poco che poteva tenere, a causa di quanto erano bagnati.

E l'acqua continuava a colpirgli la schiena che, nonostante la morbidezza della fustigazione, cominciava a fargli male.

Disperato, guardò in tutte le direzioni, non vedendo altro che il mare e la nebbia, e si chiese quanto tempo avrebbe dovuto restare in una situazione del genere, tenendo la testa del suo compagno tra le ginocchia.

"Hun... ter" chiamò la voce debole di Henry.

James abbassò la testa sulla sua. Il viso del marinaio era diventato incredibilmente acuto e un pallore traslucido gli copriva le guance, come se il sangue fosse defluito da quel corpo.

"Cosa vuoi?" Chiese.

"Nella mia... guerriera troverai delle carte... e tra queste l'indirizzo di mia sorella... Si chiama Nell. Scrivile o vai a trovarla... e dille che sono morto... pensando a... lei.

"Dai, ragazzo, chi sta parlando di morire? James ha risposto senza convinzione. Siamo su una rotta molto popolare e non ci vorrà molto prima che una barca ci venga a prendere.

"Ma... non io... so che è finita... ho smesso... di navigare...

Di nuovo James cercò di tirarlo su di morale, ma Henry, dopo quello sforzo, ricadde nella totale incoscienza.

James appoggiò delicatamente la testa su una pietra e si alzò. Il sole, triste e biancastro, stava già illuminando le acque e lo Yankee scrutava il mare in tutte le direzioni.

Verso sud intravedeva la mole di un veliero, verso lo Stretto di San Lorenzo, ma era troppo lontano perché il suo equipaggio potesse percepire i segnali che dava loro, e si trattenne dal farlo.

«Una nave, Henry», disse, guardando di nuovo il suo compagno. Sta venendo da questa parte.

Henry non ha risposto. Allarmato, James si chinò su di lui. Il suo cuore non batteva più ei suoi occhi, ancora aperti e pieni di nostalgia marina, si posarono sull'infinito, come se Henry avesse voluto conservare in essi l'ultima visione della sua patria.

James quasi scoppiò in lacrime. Ancora qualche minuto e Henry avrebbe potuto essere salvato. Trasse un profondo sospiro e recitò una breve preghiera, come addio a quel compagno di mare che aveva conosciuto così poco e che tuttavia amava così tanto.

Poi si ricordò del suo incarico. Come aveva detto che si chiamava sua sorella? Nell; quello era. Nell Lawson. Bene. Ci sarebbe stato tempo per ritirare i tuoi documenti.

Poi si ricordò della nave e si alzò di nuovo. Mentre lo faceva, notò la propria debolezza.

Era gelido e tremava dalla testa ai piedi. Il sole non era ancora abbastanza caldo per scuotere quel maledetto freddo che lo faceva rabbrividire, e James sentì un senso di angoscia nel petto e terribili fitte al fianco sinistro.

Ma la nave si stava avvicinando a lui. Probabilmente stava esplorando il mare per loro, se Cawston e gli altri si fossero salvati e avessero messo in moto le autorità.

Poco dopo, James riuscì a percepire alcuni dettagli della sua struttura. Era un cacciatorpediniere e navigava lentamente, probabilmente esplorando i dintorni.

Decise di nuotare verso lo scoglio dove si rifugiava durante la notte, approfittando della calma del mare, e, una volta in cima, agitò freneticamente le braccia.

Per alcuni minuti, il cacciatorpediniere continuò a navigare parallelamente a lui.

James deglutì angosciato, chiedendosi se stesse per passare, ma non poté fare a meno di gemere di gioia quando vide poco dopo che cambiò rotta e puntò la prua verso le rocce.

Cinque minuti dopo, una lancia emerse dalla nave e i suoi occupanti remarono a passo spedito verso di essa, costeggiando abilmente gli scogli.

James fu aiutato a salirci da un giovane ufficiale di marina, che immediatamente gli gettò una coperta sulle spalle e gli offrì un sorso di brandy.

Poi tornarono a dirigersi verso il distruttore, ma James disse:

«C'è un tuo partner su quelle rocce. È morto.

Poco dopo, anche il cadavere di Henry Lawson fu salvato. L'ufficiale si fermò rispettosamente davanti a lui e James notò che le sue labbra tremavano impercettibilmente.

"Lo conosci?" Chiese.

"Sì", rispose con voce roca. "Eravamo insieme all'Accademia Navale. Era un bravo ragazzo.

Un piacevole lassismo si impadronì dei muscoli e dei nervi dell'americano.

Una volta a bordo del cacciatorpediniere, fu portato in infermeria e la nave si diresse verso Halifax. Il medico della nave riconobbe James nei dettagli e il suo viso era cupo mentre si girava verso il capitano.

"Ha la polmonite" disse "; dovrai prendertene cura.

"Lo lascio nelle sue mani, dottore", rispose il capitano.

Il debole richiamo di James li portò al letto dell'ufficiale.

"Capitano", ha detto, Lawson mi ha incaricato prima di morire di mettermi in contatto con sua sorella. I segni sono tra le sue carte. Me li dai?

"Non c'era più.

Andò nella sua cabina, dove aveva la documentazione del morto, e tornò poco dopo con un biglietto in mano.

"Eccoli", disse. Signorina Nellie Lawson, 234 Kingston Street. A Montreal. Dove tieni il portafoglio?

James glielo disse e il capitano ci mise sopra il biglietto.

Per cinque o sei giorni Hunter ha lottato con la malattia e la sua robusta costituzione, aiutata dalla scienza, ha superato la crisi fino a quando non è stato in grado di essere trasferito ad Augusta.

Una volta lì, ricevette la visita della sua famiglia e dei suoi amici, e la loro presenza rianimò il giovane in modo tale che quattro giorni dopo chiese al medico curante di dimetterlo.

"È così cattivo tra di noi?" Rispose il dottore con un sorriso. Mi dispiace, Hunter, ma non può essere. Deve ancora aspettare.

Quello stesso giorno scrisse una lunga lettera a Nellie Lawson, raccontando dettagliatamente la morte del fratello tra le sue braccia e la risposta fu immediata, anche se non nel modo che James si aspettava.

Erano passati tre giorni dalla stesura della lettera e James si stava dicendo che Nell avrebbe potuto non rispondere alla sua lettera.

Aveva poche speranze che l'avrebbe fatto, e in realtà non ci pensava troppo. Aveva mantenuto la sua promessa e la ragazza era molto disposta a risponderle come meglio credeva.

Il gruppo di amici che era venuto a trovarlo era appena andato via.

James era seduto in poltrona vicino all'ampia finestra che dava sul giardino dell'ospedale, quando la porta si aprì di nuovo e il viso lentigginoso di Fleisch apparve di nuovo davanti a lui, facendogli l'occhiolino.

"C'è una signora che chiede di te, James," disse. Ragazzo, che signora passare la convalescenza! "Aggiunse sorridendo.

James si accigliò perplesso. Fleisch conosceva bene sua sorella, quindi non doveva fare riferimento a lei.

Chi potrebbe essere? Si chiese.

Presto l'avrei scoperto. Fleisch scomparve alla vista per essere sostituito dall'infermiera; una bella bionda, che non sembrava prendere male il corteggiamento di James.

«Una signora desidera vedervi, capitano», disse. Vuoi che accada?

"Chi è?

"Dice che il suo nome è Nellie Lawson,

James posò il libro che teneva ancora tra le mani, sorpreso.

"Certo che voglio vederlo", ha risposto. Fa in modo che succeda.

L'infermiera andò alla porta e l'aprì, facendo un gesto invitante a qualcuno che aspettava fuori, e Nell Lawson apparve sulla soglia.

Fleisch aveva ragione, e lo aveva espresso con la sua peculiare leggerezza di giudizio.

Nellie Lawson era una donna capace di tentare un santo. Alto, ondulato, con ogni curva a posto e tutto ben proporzionato.

Si vestiva semplicemente, ma l'abito nero le stava perfettamente e aggiungeva un nuovo fascino alla sua personalità sconcertante e alla sua bella figura.

Chiaramente la ragazza aveva "glamour" e non sarebbe passata inosservata da nessuna parte, non solo per la sua figura, ma anche per quel sorriso triste che le allargava le labbra.

Era una bruna. I suoi capelli erano sapientemente pettinati e, per contrasto, la sua pelle bianca e fine risaltava come una macchia sul colore nero che dominava la sua figura.

Nonostante fossero fratelli, non assomigliava affatto a Henry. Questa fu l'impressione che James colse, mentre la giovane donna avanzava per incontrarlo.

James si alzò in piedi. Nell si fermò a due passi da lui e le sue labbra tremarono leggermente. Poi fece un altro passo avanti e tese la mano.

"Siediti", disse, indicando l'altra sedia.

La ragazza lo fece prima, raccogliendo pudicamente le gambe che nascondeva sotto la gonna e, senza sapere perché, James si sentì infastidito da quel movimento.

C'era qualcosa di stranamente audace nella giovane donna, anche se cercava di nasconderlo.

L'infermiera uscì, lasciandoli soli. Per alcuni secondi regnò il silenzio nella stanza, finché finalmente Nell disse:

«Sono venuto non appena ho ricevuto la tua lettera. Henry ed io eravamo soli al mondo...

Prese un fazzoletto dalla borsa e si asciugò gli occhi.

"Puoi immaginare com'è stato per me.

La sua voce era morbida come il velluto. Nonostante l'occasione, James cercò di immaginare come sarebbe stato accarezzare le orecchie di un uomo.

"Capisco", ha risposto. Mi dispiace che ci sia voluto così tanto tempo per scrivere. Sono stato anche abbastanza serio.

"Oh, mio Dio! Non devi scusarti. Come mi hai detto, Henry, il mio povero fratello, è morto tra le tue braccia. Dimmi com'è andata.

James lo fece, cercando di non dare troppa emozione alle sue parole.

Nell lo ascoltava con costante attenzione. Di tanto in tanto sospirava o si portava il fazzoletto davanti agli occhi, ma a James sembrava che il suo dolore non fosse così grande come fingeva di credere.

Sembrava più che stesse recitando una commedia.

Ad ogni modo, raggiunse la fine della sua storia e, contrariamente a quanto si aspettava, Nell Lawson non fece un gran chiasso quando seppe come era stato l'ultimo minuto di suo fratello.

Rimase rigida e ritta sul bordo della sedia, lo sguardo fisso al cielo attraverso i vetri della finestra.

Quando li rivolse a James, stavano esprimendo dolore, si sporsero impulsivamente in avanti e strinse nervosamente una delle mani del giovane.

"Grazie!" Disse, velata dall'emozione. "Grazie! Dev'essere stato orribile per lui povero Henry, ma tu...

"Non è importante. Lascia perdere.

Come posso dimenticarlo, quando era mio fratello?

James pensava di non aver bisogno di mettere così tanto sentimento nelle sue parole.

Non aveva fatto nulla per Henry Lawson, non poteva fare altro che essere al suo fianco nei suoi ultimi istanti.

Aveva paura di chiedere a Nell perché nascondesse un dolore che a malapena provava, ma si trattenne e voleva che se ne andasse da lì per porre fine a questa commedia.

Henry aveva parlato di lei con un certo tono protettivo, come se sua sorella fosse più giovane di lui e l'idea di lasciarla di fronte al mondo lo spaventava.

Ma questa donna sembrava essere abbastanza capace di mantenersi e di avere abbastanza energia da prestare agli altri.

Alla fine Nell si alzò in piedi e James diede un'altra occhiata alla sua alta statura, alla sua posizione autoritaria e a quanto poco assomigliasse a Henry.

Si alzò e strinse la mano lunga e sottile che lei gli tendeva.

"Nellie... Nell..." si disse. Anche un nome così mite non si addiceva a quella donna.

Il nome, soprattutto quello minuscolo, faceva pensare a una ragazza carina e femminile, con i capelli biondi come l'oro e gli occhi chiari e innocenti.

"Quando verrai dimesso?" Lei chiese.

"Non lo so. Tra tre o quattro giorni forse", rispose vagamente James.

"Allora forse ci incontreremo di nuovo", rispose Nell. Vado a Boston e torno qui prima di tornare a Montreal.

"Sarà il mio piacere", ha dichiarato senza convinzione.

Non aveva alcun interesse a rivederla. Se gli fosse stato detto che una donna così si sarebbe interessata a lui al punto da fingere di rivedersi, sarebbe stato lusingato e accettato senza esitazione.

Ma era la sorella di Henry, e sembrava una profanazione assistere di nuovo alla commedia del suo finto dolore.

Una signora come quella di fronte a lui, a cui stringeva ancora la mano, era l'ideale per andare nei locali notturni, fare il bagno con lei su qualsiasi spiaggia solitaria, fare escursioni o guidare uno sloop.

Per i tre giorni successivi, James Hunter non riuscì a togliersi dalla mente Nellie Lawson e il suo strano atteggiamento.

Più volte cercò di non pensare a lei, dicendosi che forse la ragazza si era sentita obbligata a fargli visita, sebbene i suoi rapporti con il fratello non fossero quelli che dovrebbero essere.

Fleisch andò a trovarlo e James capì dalle sue domande che la rossa era molto interessata a Nell.

Alla fine fu rilasciato e un'auto entrò dal portone che dava accesso al giardino, fermandosi davanti a lui.

"Signor Hunter," chiamò una voce che non era riuscito a dimenticare.

James non sapeva se essere felice o meno, quando vide il viso di Nell Lawson sporgersi dalla finestra. L'auto era piccola e non recentissima.

La giovane donna lo guidava e non c'era nessun altro a bordo tranne un cane che sonnecchiava sul sedile posteriore.

Il marinaio le si avvicinò, salutandola leggermente, e Nell sorrise:

"Se ne stava andando?" Chiese.

"Sì. Sono già stato dimesso.

"È stata una fortuna essere puntuali", ha assicurato.

Indossava lo stesso vestito nero che l'aveva visto la prima volta, ma ora indossava un grazioso cappello nero a cui una piuma bianca toglieva parte della sua tristezza.

"Vieni su" lo invitò". Ti porterò dove vuoi.

James stava per borbottare una scusa, ma prima che il suo cervello dettasse, il suo cuore lo spinse verso la porta aperta e si sistemò accanto a Nell.

Mentre la macchina si avviava, si rimproverò per averlo fatto, obbedendo alla potente attrazione che la donna esercitava su di lui.

"Dove vuoi che ti lasci?" chiese Nell.

Guidava la mano destra e James non riusciva a staccare gli occhi dalle sue belle mani curate che maneggiavano il volante con abilità.

"Beh..." esitò. Stavo per andare in qualsiasi hotel. Domani partirò per Boston. A proposito, c'eri?

"Sì. Sono tornato stamattina, ma devo tornare indietro. Possiamo fare il viaggio insieme!

James ha risposto affermativamente. Era estremamente curioso di Nellie e si disse che avrebbe potuto sapere cosa aspettarsi da lei durante il viaggio.

Nell si voltò leggermente per sorridergli.

"Beh. Non mi hai ancora detto in quale hotel pensi di andare.

"Ho sia l'uno che l'altro," rispose James.

"Sto soggiornando all'Agnes", suggerì.

"Non c'è motivo per cui non dovrei andare anche da lui... ammesso che abbiano una stanza

"Penso che non ci saranno problemi con questo", ha detto Nell.

Ed è così che James si è trovato più vicino a lei di quanto si aspettasse. Ma voleva davvero essere separato da lei?

Questa domanda è stata posta nella sua stanza, concludendo che Nellie Lawson era la donna più bella che avesse mai conosciuto, anche se la sua freddezza e il suo autocontrollo hanno tolto parte del suo fascino.

Voleva fare una passeggiata, respirare l'aria fresca del mare e calpestare con i piedi la sabbia della spiaggia, ma la passeggiata sarebbe stata più piacevole se qualcuno lo avesse accompagnato e, quasi senza accorgersene, ha raccolto la cornetta del telefono e chiese di comunicare con la stanza di Nell.

È stata lei stessa a salire sul dispositivo. Giacomo gli chiese:

"Vuoi uscire con me stasera?

"Ne sarei felice, James", rispose, "ma... in queste circostanze... non dimenticare...

"Non preoccuparti. Andremmo a fare una passeggiata sulla spiaggia.

"In tal caso, accettato.

James riattaccò soddisfatto, dopo aver concordato l'orario in cui si sarebbero incontrati nella hall dell'hotel.

Alle nove il marinaio era nell'atrio, in attesa che la giovane scendesse.

Quando lo fece, attirò sulla sua figura gli sguardi dell'intero elemento maschile.

Salirono entrambi su un taxi e James ordinò all'autista di portarli al porto.

Questa era ben illuminata da grandi riflettori e al suo interno si svolgeva un'intensa attività.

C'erano diversi mercanti ormeggiati alle banchine, che venivano caricati da laboriosi lavoratori, con l'aiuto di potenti gru, e non era difficile dedurre cosa trasportassero loro.

James si disse che presto un altro convoglio avrebbe solcato i mari, diretto a est, e sospirò, chiedendosi quando avrebbe potuto imbarcarsi di nuovo.

Soldati armati di fucili circondavano la banchina e non consentivano il passaggio ai settori dove veniva caricato il materiale bellico.

James offrì il braccio a Nell ed entrambi si diressero verso la spiaggia. La notte era bellissima e la luna d'argento baciava le onde che si scioglievano dolcemente sulla sabbia.

Per molto tempo hanno assistito allo spettacolo affascinati.

"Ti manca il mare?" Chiese.

"Non al suo fianco," rispose James. Vuoi che ci sediamo?

Lo hanno fatto sulla sabbia. Per alcuni minuti ebbero una banale conversazione, finché, alla fine, Nell gli chiese di nuovo:

"Sapete quando si imbarcherà di nuovo?

"Beh... no," rispose James. Ora possono concedermi una breve licenza e...

"Dove lo spenderà?

"A casa mia, naturalmente. Con i miei genitori.

Ti piacerebbe visitare il Canada?

James si voltò verso di lei.

"In tua compagnia?" Ha chiesto con intenzione.

Nell ci mise un po' a rispondere.

"Perchè no?" Egli ha detto. Sarebbe un'ottima guida.

"Non ne dubito. Forse deciderò di andare.

Un'altra pausa, durante la quale ognuno lascia volare i propri pensieri in direzioni totalmente opposte.

"È sempre stato nella guardia costiera?" chiese infine Nell.

"No, no," James si affrettò a rispondere. Sono quello che potremmo definire un vero combattente. Questa è la prima posizione comoda che abbia mai avuto... e non era così comoda.

Le raccontò poi alcuni eventi a cui aveva preso parte, incoraggiato dalla grande attenzione che lei riservava alle sue parole.

Quando le raccontò dell'ultimo, quella memorabile impresa in cui il povero "Candell" aveva combattuto sei sottomarini, Nell osservò:

"Deve essere stato splendido. Vuoi tornare... a quello?

"È preferibile patullar senza riposo. Si conoscono nuove terre, emozioni e donne.

Nell ridacchiò.

"Qui hai incontrato una nuova donna" rispose. Cosa pensi di lei?

James non riusciva a esprimere a parole quale fosse la sua opinione, perché non era ancora riuscito a catalogare Nell.

Tuttavia, ha optato per la via più semplice:

"Che è adorabile", rispose.

Avrebbe potuto aggiungere che anche lei era travolgente e pericolosa, ma non lo fece, e Nell lo ringraziò con un broncio.

Per un'altra ora rimasero seduti sulla spiaggia. Le onde cominciarono ad avvicinarsi e James decise che era ora di tornare in città.

Lo hanno fatto.

Fu solo quando si ritrovò nella solitudine della sua stanza che lui e Nell non avevano mai pronunciato il nome di Henry per tutta la notte, e si disse che non aveva mai conosciuto un caso di freddezza del genere nelle relazioni. tra due fratelli.

Il viaggio a Boston creò tra loro una maggiore intimità. James aveva smesso di resistere, indulgendo negli eventi e aveva prontamente accettato i dettagli di fiducia e cameratismo da Nell Lawson.

Ha guidato la macchina per la prima parte del percorso, ma poi è stato il marinaio a prendere il volante della sua macchina. Poco dopo, tirò fuori le sigarette e gli offrì

"Vuoi fumare?

Al suo gesto di assenso, si portò la sigaretta alle labbra, e dopo averla accesa e alimentato il fuoco con una lunga boccata, la mise in bocca al compagno.

Il tocco leggero della sua mano fece tremare James, ma lei sembrò non accorgersene.

La sigaretta era leggermente macchiata di carminio, aromatica e leggermente appiccicosa.

Nell ne accese un'altra per sé e si appoggiò allo schienale. Una delle sue gambe sfiorò quella di James e lui non si separò da lei.

"Sono felice", ha detto. Piuttosto. Lo sarebbe se Henry non fosse morto.

A James sembrò che lo fosse nonostante ciò, ma non espresse il suo pensiero e rispose:

"Allora non ci saremmo incontrati.

"E' vero. Cosa farai a Boston?

"Mi presento ai miei capi.

"E più tardi?

"Il mio prossimo futuro dipende da loro. Ci sarai per molti giorni?

"Cinque o sei. Non lo so...

James si trattenne dal chiederle quali ragioni lo portassero in città, ma lei si sentì in dovere di dirglielo.

"Devo scegliere diversi modelli di abiti, per la mia attività a Montreal. Nonostante la guerra, le donne continuano a preoccuparsi dei loro vestiti.

Fu la prima notizia che ebbe delle sue attività.

Alloggiarono entrambi nello stesso albergo, non senza aver fatto tre o quattro viaggi prima di trovarne uno di second'ordine, dove promisero di fornire stanze quella notte, e James andò al Comando dei Marines.

Dall'ospedale di Augusta aveva consegnato ai suoi capi un lungo servizio sull'evento in cui perse la vita Henry Lawson, e ora era solo molto curioso di sapere qualcosa sul suo nuovo destino.

Era sicuro che sarebbe stato mandato di nuovo a comandare qualche nave da guerra.

Per questo ha guardato perplesso il capo del settore quando ha annunciato di essere stato assegnato al suo servizio, come ufficiale di collegamento tra l'Esercito e la Marina.

"Ma... signore... vorrei, se non è chiedere troppo, tornare al mare. Io...

"Forse non ci vorrà molto, Hunter", fu la risposta, "ma per ora abbiamo bisogno di te qui.

"Il viceammiraglio è uscito da dietro il tavolo e gli ha messo una mano sulla spalla." Non pensare che ti annoierai", ha aggiunto. Avrai più lavoro di quanto desideri. Ti assicuro.

James fece una faccia delusa, ma presto si convinse che il suo superiore aveva ragione.

La guerra infuriava giorno dopo giorno. Gli Stati Uniti, trasformati nell'arsenale dei suoi alleati, non smettevano di produrre armi a un ritmo vertiginoso ei porti assistevano a un'attività senza precedenti.

Il marinaio aveva appena il tempo di concedersi il riposo o lo svago.

La spedizione delle merci, i problemi del servizio di guardia costiera, i rapporti con le forze armate, contenevano mille dettagli complessi e problemi che dovevano essere combinati o risolti affinché la macchina potesse funzionare in modo fluido ed efficiente.

Per i primi giorni, riusciva a malapena a vedere Nell, anche se le parlava alcune volte al telefono.

Quando, finalmente, riuscirono a tenere un lungo colloquio e lui le raccontò quale fosse la sua nuova posizione, la giovane esclamò:

"Magnifico!

James pensava che lei pensasse che potessero stare insieme in questo modo, ma Nell non ci pensava quasi.

Il giovane marinaio era devoto anima e corpo a lei e al suo compito.

Il ricordo di Henry contava a malapena e quando sembrava perseguitarlo, James si scusava con se stesso che non era colpa sua se Nell era troppo moderna e indipendente.

Un giorno, durante il quale il lavoro era stato particolarmente duro e intenso, James crollò su una poltrona nella sua stanza d'albergo.

Nell era assente, ma non tardò ad arrivare, raggiante di bellezza e fascino.

James la guardò, chiedendosi quando sarebbe stato il momento di separarsi. Fino ad allora Nell non ne aveva parlato, ma il marinaio sapeva che doveva arrivare.

La giovane donna depose sul letto i pacchi che portava e gli andò incontro, baciandolo.

"Stanco?" Chiese.

"Molto", rispose James. Sono un relitto. E soprattutto, quello che ho è una vera voglia di uscire, di divertirmi un po'.

"Se non fossi così stanco...

"Che cosa?

"Potremmo andare da qualche parte stanotte, cara. Per ballare per un po', per esempio.

James si mise a sedere sulla sedia.

"Non sai quanto mi piacerebbe", rispose, "ma non mi sembra giusto, essendo Henry così recente.

Nell fece una pausa nella sua operazione di togliersi il cappello e, tenendolo in mano, affrontò James.

"Henry era mio fratello", ha detto, "ma ora posso confessare che ho sentito la sua morte come può sentire quella di un parente con cui hai pochissimo contatto.

«Vuoi dire che tu ed Henry non avevate a che fare?

"Da quando è iniziata la guerra l'ho visto a malapena un paio di volte. E tenendo conto che fin dall'infanzia i nostri personaggi erano totalmente diversi, capirete che la loro assenza ha raffreddato le relazioni in questo modo. Per favore, Jim, non costringermi a dirti il motivo della nostra disunione. Sii soddisfatto di quello che ti ho detto.

Questo forse spiegava la sua mancanza di emozione nell'apprendere i dettagli sulla morte di Henry e il suo voler fingere con lui, ma James si ripeté che non l'aveva costretta ad avergli fatto quella visita in risposta alla sua lettera.

"Bene, Nell", rispose. Dove andremo?

I suoi occhi brillavano.

"Sei un incanto" lo baciò di nuovo "Scegli tu il sito.

"Parodies ti sta bene?

"Al tuo fianco sarò felice anche all'inferno.

Mentre ballavano al suono dell'orchestra, James lo informò che il giorno dopo sarebbe partito per Halifax in compagnia del capo del settore.

"Cosa stai andando lì?" Ha chiesto senza mostrare interesse.

"Un enorme convoglio attraverserà l'Atlantico per portare aiuti alla Russia", ha risposto James, "e per la prima volta sarà protetto congiuntamente da navi da guerra statunitensi e canadesi.

"Quanto è importante?

"Non molti. Si tratta semplicemente di addestrare i canadesi in queste questioni. Ad Halifax imposteremo il numero di navi da guerra di ogni nazione che proteggeranno il convoglio.

"Coglierò l'occasione per andare a Montreal. Torno subito Jim

"Non hai ancora finito di fare acquisti?

"Veramente sì, ma devo occuparmi anche delle faccende di cuore" rispose con un gesto malizioso.

James la tenne più stretta e continuarono a ballare.

Due giorni dopo lasciò Boston, dalla quale fu assente per quasi una settimana. Quando tornò, Nell era già in città e gli chiese dell'esito della conferenza.

"Grande!" Giacomo ha risposto. I tuoi connazionali sono davvero carini con cui trattare. Non ci sono state difficoltà e tutto si è risolto nel primo colloquio. Le navi si stanno concentrando su Halifax e altri porti costieri.

"Deve essere emozionante viaggiare in un convoglio di quelli.

"Non crederci. È piuttosto noioso.

"Quando uscirà?

«Entro cinque o sei giorni.

Nell deviò la conversazione, ma i suoi occhi erano fissi sulla cartella che James aveva lasciato sul tavolo.

Poco dopo, andò in bagno e per qualche minuto si godè le sue delizie, canticchiando una canzone.

Quando uscì di nuovo, Nell, vestita con un bellissimo negligé, fumava tranquillamente, accasciata su una poltrona.

Cinque giorni dopo, un enorme convoglio, composto da un centinaio di navi mercantili con una forte scorta, ha solcato le acque dell'Atlantico, chiedendo la rotta di Murmansk.

Per una settimana la sua prua fendeva le acque in perfetto ordine, protetta da cacciatorpediniere e corvette yankee e canadesi, secondo il piano concordato, senza che i sottomarini tedeschi facessero la loro comparsa.

I marinai canadesi erano desiderosi di collaborare, ma passarono tra l'Islanda e le Isole Faroe senza la minima battuta d'arresto.

Tutto l'equipaggio cominciò a credere di essere ormai riuscito a sottrarsi all'attacco dei temibili sommergibili tedeschi.

All'altezza del venticinquesimo meridiano, con appena un giorno rimasto per girare Capo Nord, nel punto più settentrionale della Norvegia, fu catturato un messaggio dalla marina russa, in cui si annunciava che diversi cacciatorpediniere di questa nazionalità erano su il loro modo di unire le forze. alle forze di protezione.

Due terzi delle navi yankee lasciarono il convoglio diretto a sud, per unirsi a un altro convoglio in partenza dall'Inghilterra per gli Stati Uniti in alto mare in cerca di ulteriori rifornimenti.

Questo era il momento scelto dai tedeschi per attaccare.

Da qualche giorno gli squali d'acciaio, formando un vero e proprio branco, erano appostati nei loro posatoi, osservando i movimenti del convoglio.

I suoi rifugi a Narvick e Vesteraalen erano vicini e l'operazione gli sembrava molto favorevole.

Immobili e silenziosi tra i mille isolotti della regione di Hammerfest, i tedeschi guardavano passare il grosso delle unità di protezione.

Non appena furono fuori vista a sud, partirono alla massima velocità dei loro motori, per cadere sul convoglio prima che le unità russe vi si unissero.

Il disastro aveva le caratteristiche di una vera catastrofe.

I cacciatorpediniere e le corvette canadesi combatterono eroicamente, ma erano pochi di numero e gli equipaggi erano troppo inesperti per difendersi efficacemente dagli attacchi combinati di una dozzina di sottomarini e di cinquanta bombardieri.

Più di trenta navi, tra mercanti e la marina canadese, furono inviate in fondo al mare, insieme al loro prezioso carico.

Quando i cacciatorpediniere russi arrivarono sulla scena dell'attacco, era già stato consumato.

Le torce delle navi in fiamme illuminavano ancora un quadro desolante, in cui centinaia e centinaia di uomini cercavano di mettersi in salvo a bordo di barche, assi lacerate da esplosioni o semplicemente nuotando.

Quanto ai sottomarini, scomparvero dal teatro della loro impresa, a malapena consapevoli dell'arrivo dei loro nemici più temibili, senza lasciare la minima traccia.

Quando questa notizia raggiunse il quartier generale della marina a Boston, il viceammiraglio Cramer strinse convulsamente i pugni e iniziò a camminare per l'ufficio come una bestia affamata, sotto lo sguardo torvo di una mezza dozzina di ufficiali al suo servizio.

Alla fine si fermò davanti a loro, ma non parlò subito.

«Non capisco», mormorò. Non ho capito niente di quello che è successo. Come potevano sapere quando e dove le nostre navi sarebbero decollate dal convoglio?

Non ha avuto risposta.

La stessa cosa che i suoi ufficiali si stavano chiedendo.

"La formazione e il percorso dei convogli avvenivano nella massima segretezza, al punto che nemmeno i capitani delle navi mercantili conoscevano la via da seguire.

Ma era chiaro che c'era qualche infiltrazione o indiscrezione da parte di una delle dozzine di persone che conoscevano i termini dell'accordo Halifax.

"Sia come sia", ha aggiunto. Non c'è dubbio che qualche gruppo di spie si sia esibito magnificamente in questa occasione. Farò rapporto alle autorità e d'ora in poi prenderemo precauzioni straordinarie per impedire ai nostri piani di trascendere il nemico.

L'incontro è durato mezz'ora, ma non è stato possibile chiarire nulla.

Gli ufficiali yankee giurarono e spergiuro che nessuno di loro aveva commesso la minima indiscrezione, perché non avevano nemmeno detto ai loro amici o familiari del convoglio.

"Forse sono stati i canadesi", ha sottolineato uno di loro. Tieni presente che è stata la prima operazione di questo tipo ad essere eseguita.

"Teneremo conto di questa possibilità, signori" annunciò il viceammiraglio, "ma intanto vivete con gli occhi ben aperti e le labbra ben chiuse.

James tornò in albergo di umore infernale. Nell, che sembrava avere la virtù di leggergli la mente come un libro, intuì che qualcosa non andava in lui e si chiese.

"Il peggio è successo", ha detto. Dopo aver fatto scrupolosamente tutti i preparativi, ha suggerito una vera catastrofe. I sottomarini tedeschi hanno attaccato il convoglio in partenza da Halifax e hanno affondato più di trenta navi.

La ragazza emise un'esclamazione di sorpresa.

"I giornali daranno la notizia domani", ha aggiunto James. Ovviamente sminuiranno l'evento, ma per noi è stato un duro colpo

"Beh, tesoro", rispose, "dopotutto, non è stata colpa tua,

"No. Né io né nessuno degli altri ufficiali coinvolti nel raggruppamento del convoglio, ma il viceammiraglio sembrava vedere un sospetto in ognuno di noi.

Nell deviò la conversazione altrove.

"Usciamo stasera?" Chiese.

"Dannazione se ho voglia di andare da qualche parte," replicò James. Penso che andrò a letto senza cena, come quando ero bambino e facevo i capricci. Tutto ciò che ho mangiato mi farebbe male.

Dopo l'incidente del convoglio, nel giro di pochi giorni ne sono accaduti altri.

Forse erano cose insignificanti, ma alla fine arrivarono a preoccupare le autorità della marina di Boston.

James era nel suo ufficio ad esaminare alcune carte, relative all'effervescente attività sotterranea del nemico.

Per quanto ci pensasse, non ricordava di aver commesso alcuna imprudenza.

Era a questo punto dei suoi pensieri quando sentì bussare discretamente alla porta del suo ufficio. James diede il permesso di entrare e un marinaio si presentò davanti a lui che gli disse che una donna che stava aspettando fuori stava chiedendo di vederlo.

"Una donna?" chiese James, incuriosito. Era sua sorella? O forse tua madre? Ne dubitava perché non avrebbero camminato con tale cerimonia, ma avrebbero fatto irruzione nell'ufficio.

Nell?

Il modo migliore per fuggire dal dubbio era vedere il suo visitatore e disse al marinaio:

"Bene. Fallo accadere.

Aspettò che la signora comparisse con vera curiosità, in piedi dietro il tavolo. Il marinaio aprì di nuovo la porta, lasciando il posto a una donna che James guardò attentamente.

Era molto giovane. Nonostante le sue vesti nere e la totale assenza di trucco, era difficile immaginare che avesse più di vent'anni.

La pelle era liscia e bianca, e il viso, ovale e perfetto, era coronato da bei capelli castani. Tutto in lei irradiava distinzione, armonia e vitalità.

La ragazza avanzò decisa verso di lui, delineando un sorriso non privo di tristezza e il marinaio pensò che quel sorriso gli ricordasse qualcuno che aveva visto sorridere così.

Uscì rapidamente da dietro il tavolo e avanzò verso il suo visitatore.

"Vuoi sederti, per favore?" Disse, indicando una delle sedie. Come posso aiutarla?

La ragazza si sedette senza staccargli gli occhi di dosso. James lo fece davanti a lei e la ragazza gli chiese:

"Sei il capitano Hunter?

La sua voce era bella e ben timbrica. James annuì, mentre rispondeva:

"James Hunter, per servirti.

"Io sono Nell Lawson. Ti ricordi mio fratello?

Si tirò leggermente indietro mentre James la stava fissando, la bocca aperta per lo stupore.

E la sua perplessità non ebbe limiti quando il marinaio balzò in piedi ed esclamò:

"Santo cielo! Allora chi è l'altro?

"No... non capisco cosa vuoi dire," rispose.

James si fermò davanti a lei, che fu guardata da occhi azzurri, virili, pieni di severità.

"E' naturale che io non capisca. Sei davvero Nellie Lawson?

"Certo", rispose sorpresa. "Posso dimostrartelo, se vuoi.

Fece per aprire la borsa, ma James la interruppe con un gesto.

"No, non è esatto", ha detto.

Ora era sicuro che quella fosse la vera Nell. Non solo per la sicurezza con cui lo affermava, ma anche per la somiglianza con Lawson che poteva leggere sul suo viso.

Il sorriso era per lo più identico a quello del canadese.

Ma allora, chi era l'altra, quella che aveva finto di essere Nell due settimane prima?

Un sospetto annidato nel suo cervello. Un terribile sospetto che gli fece mordere il labbro.

"È naturale che io non lo capisca", ripeteva infine, guardando il suo visitatore, ma con la mente rivolta altrove". Molto naturale. E io sono uno stronzo. Un simile idiota sarà difficile trovarne un altro.

Andò alla finestra, seguito dallo sguardo perplesso di Nell, e rimase qualche secondo a guardare la strada.

Poi si voltò. La scena dell'ospedale si sarebbe ripetuta, ma ora con la vera Nell Lawson.

Probabilmente era venuta a trovarlo per avere notizie degli ultimi momenti di suo fratello.

Ma in quel momento non era in grado di pensare ad altro che allo schema sinistro che aveva appena scoperto, al quale aveva collaborato con la sua idiozia.

"Signorina Lawson," disse, affrontando la ragazza. Immagino che tu sia venuto a trovarmi per dirti alcuni dettagli sulla morte di Henry, vero?

"Per questo e per incontrarlo", rispose la giovane donna con la massima semplicità.

"Come non è arrivato prima?

"Lavoro a Montreal in un ufficio militare" è stata la risposta. Non ho potuto ottenere il permesso fino ad ora. Mi ci è voluto molto lavoro per trovarti.

"Capisco," mormorò James.

I suoi occhi erano irresistibili per lui, ma doveva vedere subito il viceammiraglio Cramer, il prima possibile, per riparare al male che aveva inconsciamente causato.

Nell lo guardò, in attesa. James si chinò su di lei e le prese le mani.

"Non posso occuparmi di lei ora", ha detto. Ho una cosa molto urgente da fare e tu devi accompagnarmi.

"Me?" La domanda di Nell trasudava stupore. La ragazza si alzò e disse con un po' di riserbo". Non capisco perché devo accompagnarlo.

"Dobbiamo andare dal mio capo," rispose James. Dobbiamo risolvere qualcosa di estremamente importante che ti riguarda anche in modo indiretto.

Nell ha mostrato in quel momento di avere le sue idee e abbastanza determinazione per mantenerle.

"No", ha risposto. Non devo andare da nessuna parte senza sapere cosa fare.

Hunter la guardò leggermente irritato. La ragazza era alta quasi quanto lui, e ora che la guardava meglio, capiva al di là di ogni dubbio che era davvero la sorella di Henry. Inoltre, un secondo inganno sulla stessa materia era difficile.

"Siediti", disse. Dal momento che non ho scelta, ti dirò una cosa.

Si sedette incuriosita. Anche James ha fatto e ha iniziato dicendo:

«Quando Henry è morto, mi hai incaricato di contattarti.

"Perché non l'ha fatto?" chiese con un po' di secchezza. "Le commissioni dei morenti sono sacre.

James la guardò in silenzio.

"Gli ho scritto una lettera, fornendogli tutti i tipi di dettagli sui suoi ultimi momenti. Ti ha anche detto che l'ultimo pensiero di tuo fratello era per te. Non l'hai capito?

"No", rispose Nell con voce tremante.

"Immagino. Come mi hai trovato allora?

"I giornali hanno pubblicato il suo nome. Ho deciso di incontrarti il prima possibile. Perché? Cosa sta succedendo?

«Qualcosa di molto serio, Nell. Un'altra donna ti sta impersonando.

"A causa mia?" Chiese la ragazza, incuriosita. Così che?

"Per ingannarmi" raccontò l'accaduto e la scoperta che il suo arrivo era appena nato, riservandosi i dettagli che riteneva opportuni per non dare troppo all'aria, e finì col dire ": Come vede, mi hanno usato come una bambola .

Un breve silenzio seguì le sue parole. Nell ora guardava in modo diverso, con più comprensione negli occhi, mista a una certa dose di dolore.

"Mi dispiace," mormorò. La... la vuoi?

"No", rispose ferocemente. Me lo sono chiesto tante volte e la risposta è sempre stata negativa, ma adesso... Cristo! ... Sarei in grado di ucciderla se la vedessi di nuovo. E ora, vuoi accompagnarmi dal viceammiraglio?

Con sua sorpresa, Nell scosse la testa.

"No", disse con fermezza. E davanti allo sguardo stupito di James, ha continuato, "Ti dirò una cosa che mi è appena venuta in mente". E se poi pensi che la mia idea non sia buona, verrò con te dove ritengo necessaria la mia affermazione.

James bevve materialmente le sue parole, chiedendosi quale idea si fosse insinuata in quella testolina tra le sopracciglia. Nell continuò:

"Questo ti fa male naturalmente, non è vero?

"Molto", rispose amaramente. Ovviamente posso dimostrare di essere stato ingannato e non mi espelleranno dalla Marina, tanto meno mi spareranno, ma ora posso dire addio alla rioccupazione di posizioni di fiducia.

"A parte questo sarà lo zimbello dei suoi compagni di squadra.

"Ecco come è. Bene. Questo è qualcosa che mi sono guadagnato bene per la mia stupidità.

Si chiese perché si fidasse così tanto di quella ragazza, che aveva conosciuto solo pochi minuti prima, e non gli venne in mente alcuna risposta, tranne che era la sorella di Lawson.

"Ma se sei tu quello che riesce a catturare lei e i suoi complici" perché indubbiamente li hai", i tuoi compagni non potrebbero prenderti in giro e sarà un po' a tuo favore.

James alzò il viso verso di lei, che si fermò e gli sorrise.

"Cosa ne pensi della mia idea?

"È pericoloso", rispose cautamente. "Non intendo i rischi che potrei correre, ma che possano rendersi conto di qualcosa e scomparire, con cui la mia ignominia sarebbe maggiore. No, penso che dovremmo portarlo all'attenzione delle autorità. Hanno più mezzi per scoprire l'organizzazione. A proposito; Mi viene in mente che questo deve avere ramificazioni in Canada. Altrimenti, come è stata intercettata la mia lettera?

"Non lo so", rispose Nell. I suoi occhi si illuminarono e aggiunse: "Non la penso come te. Con un po' di astuzia potrebbe sferrare un bel colpo per compensarlo dell'amarezza che sta attraversando. Cosa pensi che farà il servizio di controspionaggio? Beh, semplicemente chiedi loro di continuare la commedia fino a quando non hanno finito di stendere la rete Bene, bene, è proprio quello che ti propongo.

James considerò la proposta.

Una rabbia sorda lo travolse ricordando che la finta Nell aveva giocato con lui come avrebbe potuto giocare con un barboncino e si disse che, in effetti, avrebbe voluto far loro capire che non era così stupido come sembrava.

"Dai, prendi una decisione", lo incoraggiò Nell. ti aiuterei.

"In quale modo?

"Beh... non lo so ancora, ma troveremo sicuramente un modo per farlo. Ebbene, cosa ne pensi?

"Penso che seguirò il tuo consiglio," propose James. Ma non copriremo più di quello che possiamo addentare. Voglio dire che se incontriamo difficoltà, riferirò tutto ai miei capi.

"Mi piace così," rispose Nell, con gli occhi scintillanti. "Vedrai come non falliremo. Cercherò di esserti vicino. Per ora, rimarrò nello stesso albergo.

"In primo luogo, dobbiamo assicurarci che questa donna non la conosca.

"Puoi mostrarmelo?

"Se in qualsiasi momento.

"Prima è meglio è.

«Va tutto bene. Sarò da lei a Cyrus tra un'ora. È un bar in Concorde Street. Puoi darci un'occhiata.

"Va bene", rispose Nell. In quale albergo alloggi?

gli disse James.

"Ti chiamo al telefono più tardi.

Quando Nell, dopo avergli stretto la mano, lasciò l'ufficio di James, considerò di nuovo la situazione e si chiese se avesse fatto bene ad accettare il suggerimento della ragazza.

Si disse che la cosa migliore sarebbe stata scoprire tutto da Cramer, ma a poco a poco si entusiasmò di nuovo all'idea di far ingoiare alla falsa Nell un po' della sua stessa medicina.

Alla fine, sollevò il ricevitore, convocandola da Cyrus per un po' più tardi.

Quel pomeriggio, Nell gli telefonò in albergo dicendo che non conosceva la donna che si fingeva lei, né era facile per lei identificarla come Nell Lawson.

Comunque, a James sembrava meglio che la ragazza non facesse il check-in in albergo, ma Nell insistette così tanto che non c'era pericolo che alla fine acconsentisse, quando andò a trovarlo.

"Va tutto bene. Fallo, ma con un altro nome" disse.

Erano entrambi seduti nel suo ufficio al Comando della Marina.

James decise in quel momento che gli piaceva Nell Lawson e parlava ai suoi sensi e al suo cuore in un modo che l'altra donna non aveva mai raggiunto.

"Dobbiamo vivere avvisati, soprattutto tu" disse la ragazza. Pensi che sarà in grado di fingere abbastanza magistralmente da ingannarla?

"Non preoccuparti per me," rispose James.

Da quel momento si accorse della tutela di Nell Lawson. La ragazza esercitava su di loro una vigilanza discreta.

Passarono così altri tre giorni, durante i quali James fece alcune osservazioni sulla falsa Nell, che finirono per confermare i suoi sospetti.

Lui e Nell si incontravano quotidianamente nel suo ufficio, dove si scambiavano impressioni che ogni giorno avevano una sfumatura più intima.

Entrambi, infatti, erano attratti e ciascuno pensava al rischio che l'altro poteva correre.

Un pomeriggio, Nell apparve in ufficio con gli occhi scintillanti.

"Buone notizie?" Chiese James.

Si sedette accanto a lei sul divano in tripletta. La ragazza ha risposto:

"Non lo so davvero, anche se penso di sì. Sai che il tuo amico fa visita a un altro uomo che vive nello stesso hotel?

"No," rispose James, sorpreso.

"Da quello che ho potuto osservare non è solo una questione di colleghi spionaggio" ha risposto. C'è... qualcos'altro. Amore o qualcosa del genere. E mi è venuto in mente che avremmo potuto approfittare di questa circostanza.

"Come?

Nell ha spiegato. A James non piaceva molto l'idea, ma alla fine si lasciò trasportare dall'entusiasmo della ragazza e accettò di recitare la commedia che lei gli proponeva.

"Quando lo farai?

"Stanotte. Sono in fiamme e voglio uscire da questo pasticcio. Penso che l'unica cosa buona di lui sia incontrarti.

Nell sorrise.

"Penso che a Henry sarebbe piaciuto sentirti dire questo", rispose.

Quando il marinaio tornò in albergo, la finta Nell lo stava aspettando, vestita per uscire. Alla sua domanda ha risposto che stava andando a fare un po' di shopping.

Poi ha dato la notizia.

"Jim, caro," disse. Abbiamo poco tempo per stare insieme. Tornerò a Montreal tra due o tre giorni.

"Ma" protestò. "Pensavo che avessi organizzato tutto per rimanere a Boston a tempo indeterminato.

"E così è, ma ogni tanto devo dare un'occhiata ai miei affari" rispose sorridendo. Perché non vieni con me?

"A Montréal?

"No. Adesso. Vado a fare la spesa.

"Sono stanco, Nell," rispose James. E ha dovuto mettere tutta la sua volontà nel pronunciare questo nome". Anch'io aspetto una chiamata... E comunque, Nell, non sapevo avessi un'amica in questo stesso hotel. Non mi hai mai detto niente.

Osservò l'effetto che le sue parole avevano sulla donna. Strinse un po' le labbra e impallidì leggermente. Tuttavia, tenne fermamente il suo sguardo mentre si infilava i guanti.

"Un amico? Ti sbagli, Jim", ha risposto.

"In ogni caso, non sono io quello che lo è. Leggi quello.

Dalla tasca della giacca dell'uniforme tirò fuori un pezzo di carta che porse alla donna, senza dirle che l'aveva scritto lui stesso, poco prima, sfigurando la grafia.

"Mi è stato consegnato al piano di sotto questa mattina", ha detto mentre lei ha appreso il contenuto del falso anonimo.

Alla fine alzò il viso, segnato dalla furia, verso James.

"È una bugia!" Rispose ferocemente. Una famigerata bugia, non credi?

"La penso come te," rispose James. "Bene. Non è importante.

Si avvicinò al marinaio e lo baciò impulsivamente.

"Grazie, Jim," disse. Grazie per esserti fidato di me.

Se ne andò lasciandolo solo.

Senza la minima esitazione, iniziò a fare una ricerca sistematica del bagaglio della donna.

La loro delusione è stata grande quando non hanno trovato nulla che permettesse loro di incontrare gli altri componenti dell'organizzazione.

Ovviamente, la donna che si fingeva Nell sarebbe stata attenta a non lasciare la minima traccia che potesse aiutarli.

Erano astuti e sapevano benissimo che qualsiasi negligenza poteva costare loro la vita.

Prese il telefono e chiamò la stanza di Nell senza ottenere risposta.

Strano, considerando che avevano concordato che la ragazza avrebbe aspettato nella sua stanza l'esito della perquisizione.

Suonò di nuovo, ma il campanello suonò con insistenza, inutilmente.

Aspetterò un po', si disse.

Ma l'irrequietezza lo dominava. Senza sapere perché sentiva che la ragazza era in pericolo.

Invano cercò di calmarsi e alla fine decise di chiamare il "comptoir", chiedendo se l'avessero vista partire.

"Sì, signore", rispose la voce del direttore. Se n'è andata pochi minuti fa accompagnata da un uomo.

"Da un uomo?" Chiese James. Che strano! "mormorò.

L'allarme risuonò nel suo cervello, ma le parole successive dell'impiegato dissiparono i suoi sospetti,

"Era un suo amico di Montreal, ha detto.

James riattaccò rassicurato su questo punto.

Di certo Nell non aveva avuto altra scelta che andarsene. Non le venne in mente che non aveva bisogno di dare al cancelliere alcuna spiegazione sull'identità dell'uomo con lei.

In ogni caso, avrebbe potuto chiamarlo nel suo ufficio o nella sua stanza per dirglielo.

Stava fumando, immerso nei suoi pensieri, quando la porta della camera si aprì.

"Sei tu, Nell?" Chiese.

"Sì" è stata la risposta. La donna fingendosi la ragazza apparve davanti a lui, salutandolo.

"Ciao caro.

La baciò brevemente e accese altre luci nella stanza.

"Cosa stavi facendo?" Chiese.

"Pensando," rispose James. Non vedo l'ora che questa dannata guerra finisca.

"L'abbiamo tutti, Jim", rispose. Ehi, caro. Ho qualcosa da dirti.

James era di guardia. Gli ha chiesto:

"Ti sei già riposato?

"Sì, Nell, cosa vuoi?

"Mi chiedo se potresti unirti a me stasera.

"Dove?

"A una festa" si schiarì la gola e aggiunse ": Vedete. Oggi pomeriggio ho incontrato degli amici di Montreal. Non avevo idea che fossero qui... Cosa guardate?

James la stava fissando. Mi chiedevo se uno di quegli amici non fosse lo stesso con cui Nell aveva lasciato l'albergo pochi minuti prima.

"Mi chiedo se è quello a cui si riferiva anonimo", ha risposto.

La vide fare uno sforzo per sorridere.

"Non eravamo d'accordo che pensavi fosse una bugia?" Chiese.

"Sì; ma a volte non posso fare a meno di pensare... beh. Hai trovato quegli amici. Che cosa è successo?

"Hanno organizzato una bella festa per stasera e mi hanno invitato ad andare. Non mi sono impegnato con fermezza. Se vuoi accompagnarmi, andiamo. Altrimenti...

«Ma, Nell, sai che sei molto abile nel fare ciò che ti piace di più. Puoi andare da solo...

L'allarme gli stava gridando un avvertimento. Dovevi stare attento. Forse quel comico voleva indurlo in una trappola.

Quegli amici di cui parlava erano probabilmente suoi complici e stava per entrare nella bocca del lupo.

"Bene," disse a se stesso. Dopotutto, eri molto interessato a scoprirli. Bene, ora puoi avere la possibilità. Forse pensano che tu sia abbastanza maturo per proporre qualcosa...

La verità era che non credeva che quella donna lo avrebbe messo in qualche trappola.

Non erano, non potevano essere, a conoscenza del piano che lui e Nell stavano per scoprire. In ogni caso si limitavano a incontrare e chiacchierare con l'idiota che faceva il loro gioco.

"Non voglio andare senza di te, Jim", rispose la donna. Se non vieni, resto qui.

"Vorresti davvero andare?

"Vai a capire. Sarà una bella festa.

"Dov'è?

"Hanno affittato uno chalet in periferia.

"Bene. Andremo", decise James.

Lei era raggiante. Per quanto ci provasse, James non riuscì a trovare alcun accenno di trionfo nel suo sorriso.

Prima di andarsene, mentre la finta Nellie Lawson dava gli ultimi ritocchi al tuo trucco, James era ancora una volta invaso dalla strana sensazione di camminare verso una trappola, ma non era disposto a tornare indietro.

Era stato stupido ad accettare il suggerimento di Nell.

Era chiarissimo che loro due non potevano nulla contro quell'organizzazione fatta di esseri intelligenti determinati a tutto.

Tuttavia, poteva ancora prendere una decisione prima che fosse troppo tardi e, deciso, si sedette al tavolo e scrisse poche righe su un foglio che inserì in una busta, sulla quale affondò l'indirizzo del viceammiraglio Cramer.

È uscita nel momento in cui l'ha messo in tasca.

"Che cos'è?" Chiese.

James accese con noncuranza una sigaretta. Se i suoi sospetti erano veri, ora più che mai, doveva nasconderlo.

"Una lettera per mia madre" disse. Siete disposti

"Sì, quando vuoi.

Prima di andarsene, si assicurò di avere la pistola nella tasca posteriore e, rispettando con calma quell'estremità, chiuse la porta e si mise accanto alla donna, in attesa dell'ascensore.

Una volta nell'atrio, guardò in entrambe le direzioni, senza vedere alcun segno di Nell. Si avvicinò al comptoir e consegnò la lettera al direttore.

"Per favore pubblicalo", disse, dandole un leggero segno di intelligenza.

"Lo farò, signore", rispose l'impiegato.

Mentre si avviava verso l'uscita accompagnato dalla donna, l'impiegato lesse la busta:

Da consegnare a mano, entro un'ora, al viceammiraglio Cramer", lesse.

L'indirizzo del marinaio era scritto sotto, e l'impiegato emise un sibilo di stupore, anche se non sapeva esattamente con cosa aveva a che fare.

Non appena la coppia è salita sull'auto che aspettava fuori dall'hotel, un altro veicolo si è distinto dalla fila in cui era parcheggiato e li ha seguiti per le strade, che all'epoca erano piuttosto affollate.

L'autista doveva essere molto abile, in quanto non permetteva all'auto che inseguiva di allontanarsi dalla sua, nonostante per due volte stesse per perderlo di vista nel traffico intenso.

Alla fine si trovarono sull'Albany Highway, che costeggiava le curve del fiume Charles, e l'inseguitore spense i fari, guidando al buio, anche a rischio di sbattere contro un albero, per non essere scoperto.

Pochi minuti dopo, l'auto che James stava guidando svoltò in una strada secondaria su indicazione del suo compagno.

"Ci vorrà molto?" Chiese James.

"No", ha risposto lei. Stiamo arrivando.

Alla fine, uno chalet, anzi una villa nelle sue proporzioni, apparve davanti ai suoi occhi.

Era un edificio in stile vittoriano, circondato da un giardino, e presentava un aspetto deplorevole, a causa delle moderne modifiche d'aria apportate alla sua facciata.

Il cancello del giardino era aperto e apparentemente nessuno lo sorvegliava.

James aveva sulla punta della lingua per chiedere alla donna seduta accanto a lui come conoscesse così bene l'ubicazione dello chalet, ma sebbene fosse sicuro che fosse stata lì prima di quel momento, non disse nulla.

Il cancello del giardino si chiuse silenziosamente dietro di lui, senza che lui se ne accorgesse.

L'uomo che lo guidava non riusciva a percepire la piccola automobile che in quel momento si fermava sotto i folti alberi che costeggiavano la strada, né l'uomo che si lanciava da essa, avvicinandosi alla casa con movimenti furtivi.

C'erano quattro o cinque auto davanti. James fermò quello che stava guidando accanto a loro e, appena sceso, commentò:

"Wow. Sembra che siamo arrivati ultimi.

"Non importa. Sono persone affidabili.

Le finestre dell'appartamento erano completamente illuminate e una luce intensa usciva dalle fessure delle tende tirate, trasformando l'oscurità in semioscurità.

Giacomo e la donna avanzarono verso la casa e lei bussò alla porta, che si aprì, come se aspettassero dal di dentro.

James e la ragazza passarono nel corridoio illuminato e la porta si chiuse dietro di loro, dando a James l'impressione che la trappola in cui era appena stato imprigionato si stesse chiudendo.

E in quel momento fu più che mai contento di aver consegnato la lettera al viceammiraglio Cramer al direttore dell'Amarillo Hotel.

L'uomo che l'aveva aperto loro era un tipo grosso e tarchiato con un cranio voluminoso, che ricordava vagamente a James qualcuno.

Era sicuro di averlo visto, anche se non riusciva a individuare dove.

"Ciao, Maestro" disse. Questo è il capitano Hunter. È un mio amico, di cui ti ho già parlato.

"Piacere di conoscerti" disse il Maestro, tendendogli la mano con un ampio sorriso che quasi cancellò i sospetti del marinaio. "Vuoi andare in "salotto"?

"Sono già arrivati tutti?

"Sì", rispose il Maestro.

Le dieci o dodici persone, uomini e donne, che erano nell'atrio, si voltarono verso la porta quando apparvero Giacomo e i suoi compagni.

Decisamente, questo aveva, in effetti, il carattere di un partito, in cui, a quanto pare, non ci sarebbe stata troppa aderenza alle norme sociali.

Gli uomini erano in maniche di camicia e avevano tazze o pezzi di torta o cupcakes in mano e ognuno era riuscito a trovare un posto.

La musica soft proveniva dalla terrazza che si affacciava sul retro del giardino e l'ensemble era piacevole e ispirava fiducia.

Ma soprattutto, James sentiva una specie di atmosfera indefinibile, come se tutti nella stanza si aspettassero che succedesse qualcosa da un momento all'altro.

"Ragazzi, questo è Hunter", ha detto il Maestro. Conoscete tutti Nell, quindi non c'è bisogno di presentarla.

L'aveva chiamata Nell.

Questo piccolo dettaglio convinse James che tutti erano a conoscenza della sua falsa personalità e non c'era più alcun dubbio che fosse circondato da spie da ogni parte.

Spie che simulano una gioiosa riunione di disoccupati, forse nel caso in cui la polizia decidesse di intervenire.

Bene. Non ti prenderebbero alla sprovvista. Se qualcosa fosse stato tentato contro di lui, avrebbe cercato di guadagnare tempo.

Era quasi contento di pensare di essere stato lui a condurre il controspionaggio nel covo delle spie, e cominciò a fingere di divertirsi pur tenendo gli occhi ben aperti.

Dove sarebbe Nell?

Era contento di essere riuscito a tenerla lontana da tutto questo, perché la ragazza non avrebbe cessato di essere un ostacolo se fosse arrivato il momento di dover ricorrere alla fuga.

Ballò un paio di pezzi con la falsa Nell che conosceva e bevve qualche drink, abbastanza da non attirare l'attenzione, ma nemmeno abbastanza da offuscare la sua chiarezza di giudizio.

Nel momento in cui tornò nella sala, il Maestro gli si avvicinò.

"Hunter, vieni con me" disse. C'è una persona che ti aspetta di sopra.

Stava sorridendo bonariamente quando lo disse.

James, senza sapere perché, era certo che questi banditi avrebbero presto perso la loro maschera di gentilezza.

Guardò l'orologio. Era passata solo mezz'ora da quando aveva lasciato l'albergo.

Dietro al Maestro e seguito dalla donna, salì la scala tappezzata che portava al secondo piano. Una volta lì, il Maestro bussò a una delle porte e fece un gesto invitante.

James riuscì ad attraversare l'ingresso di un ufficio sontuosamente arredato, ma aveva appena fatto qualche passo all'interno della stanza quando fu bloccato sul marciapiede.

"Nella!" Lui gridò.

La sua esclamazione fu confusa con il rumore della porta che si chiudeva e la risatina ironica del Maestro.

"Avevamo ragione, Lorna," disse. Non nega che si conoscano.

"109

James digrignò i denti con rabbia per la sua stupidità, nonostante avesse come scusa il fattore sorpresa.

Nell era seduta su una poltrona dietro la scrivania dell'ufficio, pallida come un cadavere, e non riusciva a trovare la forza nemmeno per sorridergli.

Il marinaio si voltò verso la porta. La gentilezza era scomparsa dal volto del Maestro, che lo guardava torvo.

Accanto a lui, un uomo dalla magrezza scheletrica, zigomi alti e occhi vivaci sotto una fronte che si estendeva fino al centro del cranio a causa della sua calvizie, lo guardava anche lui, con in mano un'automatica.

Un po' indietro, Loma "aveva finalmente scoperto il suo nome", gli sorrise sarcasticamente.

"Bene," disse James freddamente. Adesso giochiamo con le carte in vista. Cosa hai intenzione di fare?

"Forse qualcosa dipende da te", rispose il Maestro. Dai, Walter, spiegami...

"Non ancora", rispose l'individuo scheletrico. "Siediti. No, non lì", disse velocemente, quando vide che James si dirigeva verso una sedia situata vicino a una finestra". Lì. Davanti all'amica.

Giacomo ha fatto così.

"Che succede, Nell?" chiese, sorridendo per incoraggiarla. "Sembra che siamo stati cacciati come conigli. Come è stato il tuo?

"Un uomo si è presentato nella mia stanza d'albergo, mentre aspettavo la tua chiamata. Mi ha detto che lo stavi mandando per portarmi nell'ufficio del viceammiraglio Cramer, dove ti saresti incontrata. Ho pensato che fosse uno sciocco. Mentre attraversava l'atrio, mi ha indicato che dovevo dire al direttore che eravamo... amici.

"Capisco," mormorò James. È stato facile come il mio. Ora se mi dicono che fingono...

"Vogliamo saperlo", rispose Walter. Ieri hai perquisito il bagaglio di Lorna. Ha "indicato Nell" ha confessato che stanno intervistando da cinque giorni.

"Bene. Bene, tu sai tutto", rispose James, sorridendo.

Gli occhi dello scheletro si fecero d'acciaio.

«Sei molto caustico, Hunter, ma noi lo siamo di più. Quello che vogliamo sapere è chi le ha ordinato di seguire la commedia, sapendo che Lorna fingeva di essere Nell Lawson. Vogliamo che tu ci dica cosa sanno di noi quegli agenti del controspionaggio della Marina. Sai perché siamo qui riuniti?

"Suppongo. Hai raccolto candele e ti stai preparando a fuggire, se le cose vanno così male come pensi.

"Sei molto intelligente, ma non ti servirà a niente", minacciò il Maestro. Gli lascerò la faccia che né sua madre lo conosceranno. Ti mangerò il fegato.

Era furioso per il fallimento finale dei loro piani e per non sapere cosa si stava pianificando contro di loro in quel momento.

Era pericoloso, ma James non poteva resistere a prenderlo in giro.

"Dolce!" Disse sorridendo.

Il Maestro sbuffò di rabbia e si lanciò su di lui. James si alzò in piedi, pronto a respingere l'attacco nonostante la pistola di Walter, ma Walter urlò:

"Ancora!

Il Maestro abbassò i pugni e digrignò i denti con rabbia.

Lorna ridacchiò brevemente. Era seduta vicino alla porta, guardando la scena con evidente interesse, ma James non riusciva a capire il motivo del suo apparente divertimento.

"Parlerà o no?" chiese Walter.

"Suppongo che non avrò altra scelta", rispose James, "ma prima voglio chiedere una cosa. Come è stata intercettata la lettera di Nell? Come facevano a sapere che era venuta?

"Lo so, Jim", rispose la ragazza. Era Jane Barnet "e prima del gesto di ignoranza del marinaio, ha chiarito": È la mia coinquilina. Lavorava nel mio stesso ufficio ed eravamo come sorelle. A quanto pare è alleata con... con questi... "non ha pronunciato insulti". Gli ho scritto da qui dicendogli di mandarmi dei bagagli, perché ti avevo trovato e pensavo di passare più tempo del previsto. Immagina... sono stato uno sciocco, un...

"Non preoccuparti, Nell. Non potevi sapere che era una volgare traditrice del suo paese.

Il Maestro era di nuovo infuriato. Questo tizio era pericoloso, ma forse non quanto il freddo Walter.

"Jane non ha tradito nessuno", ha detto. I suoi genitori erano tedeschi e lei si doveva alla patria dei suoi genitori.

"Sì?" chiese James sornione.

"Ora sai tutto e puoi lasciar andare ciò che sai.

Il marinaio rimase in silenzio.

Era chiaro che se avesse detto a questi uomini che avevano agito da soli, li avrebbero uccisi entrambi in modo da poter fuggire più liberamente.

Ora tutto dipendeva da lui. Da lui e Cramer. Il successo e la vita o il fallimento e la morte dipendevano dalla rapidità con cui metteva in moto i suoi uomini.

Si alzò lentamente dalla sedia e fece qualche passo, seguito dalla minaccia della pistola nella mano di Walter.

Mentre si metteva le mani nelle tasche dei pantaloni, sentiva dietro la tensione provocata dalla sua stessa arma ed era contento di non essere stato perquisito.

"Congela dov'è!" Maestro minacciato.

"Lascialo," rispose Lorna ironicamente. Forse hai bisogno di concentrarti.

Guadagnare tempo. Questo era ciò di cui aveva veramente bisogno. Mai come allora capì il valore dei minuti, anche dei secondi.

"Sei abominevole," scattò in faccia alla donna. "Nessuno sarebbe in grado di fare quello che hai fatto tu.

"Non dirmelo", rispose sarcasticamente. Mi farà un discorso moralizzante?

"No. Immagino che anche i suoi genitori sarebbero tedeschi.

"I miei genitori ed io. Mi hanno portato qui quando ero molto giovane.

"Bene, Hunter. Stiamo aspettando." La voce di Walter era fredda e metallica.

"Se ti dicessi che, a parte Nell e me, nessuno sapesse niente, non mi crederesti, vero?" chiese James, di fronte alla canna della sua pistola.

"Certo che no. Non venire da noi adesso con le storie" rispose il Maestro esasperato.

"Zitto, Maestro. È vero?" Chiese dolcemente Walter.

"No. Non lo è. Gli agenti del servizio di controspionaggio sanno tutto, "James ha mentito". Sono stati loro a ordinarmi di andare avanti "aggiunse ferocemente". Pensi di essere stupido? Li hanno. Probabilmente cinquanta di loro ci avrà seguito...

Walter scosse la testa, facendo schioccare la lingua.

"Sta mentendo. Lorna lo ha portato proprio qui", ha detto.

"Ma eravamo sotto sorveglianza," replicò James calorosamente. Qualcuno deve averci visto uscire dall'albergo...

"È una bugia", esplose il Maestro. " Non capisci, Walter? La prima cosa che ha detto è la verità. Volevano risolvere la questione da soli.

"Rise sgradevolmente e aggiunse:" Bene, Hunter. Qui hai quasi tutti i componenti dell'organizzazione Perché non ci prendi e ci consegni alle autorità legati uno accanto all'altro?

James guardò Nell e, di nascosto, l'orologio. Erano le undici di sera, il che significava che ormai la sua lettera sarebbe arrivata nelle mani di Cramer.

Nell era molto pallida, ma stava cercando di mantenere la calma. Il giovane pensò che fosse giunto il momento di agire. Non sapeva come, ma la conversazione era esaurita e la fine, qualunque cosa fosse, vicina.

"Comunque, la fine di voi due sarà la stessa" disse Walter freddamente. Sono un pericolo per noi e devono morire. Poi ci dissolveremo nel paese finché la tempesta non sarà passata.

James si avvicinò di qualche passo a Nell.

"Stanno pianificando di ucciderci?" Chiese.

Walter annuì.

"Vieni fuori", disse.

Lorna si alzò in piedi e il Maestro andò alla porta e l'aprì. Walter ha detto di nuovo:

Dai, esci.

Quello che non ho fatto ora non lo farei mai.

Nell emise un debole grido mentre veniva spinta violentemente e cadeva a terra.

Nello stesso istante James si accucciò dietro il tavolo ed estrasse la pistola.

Il proiettile di Walter sfrecciò oltre la sua testa e sparò a sua volta sotto.

L'omino grugnì di dolore e lasciò cadere la pistola mentre si sentiva ferito al ventre.

Master saltò fuori dall'ufficio, inseguito da un colpo di pistola, e Lorna andò a seguirne l'esempio, ma James urlò:

"Fermati dove sei o ti sparo!"

La donna alzò le braccia e si voltò verso di lui con un cipiglio feroce sul viso.

Sulle scale si cominciarono a sentire dei passi impetuosi.

James ha urlato:

"Chiudere la porta!

"Vieni e chiudilo", rispose.

Ha dovuto rischiare di essere fucilato dal Maestro, ma era essenziale che la porta fosse chiusa prima che quella folla di uomini disperati prendesse d'assalto la stanza.

James balzò da dietro il tavolo verso il muro e gli corse accanto, sempre indicando Lorna.

Giunto alla porta, sparò due volte verso le scale ed ebbe la soddisfazione di sentire un grido di dolore.

Poi sbatté la porta e tirò il chiavistello, allontanandosi da lei.

Un grido di avvertimento di Nell fu confuso con le porte sbattute che si scaricavano dall'esterno sull'asse di legno.

"Attento, Jim!

James si voltò velocemente.

Walter era riuscito a strisciare un po' nel suo stesso sangue e aveva di nuovo in mano la pistola.

James andò a premere il grilletto, ma in quel momento risuonarono alcuni colpi ei proiettili trafissero il legno con scatti acuti, ponendo fine all'azione di Walter.

Stavano tirando la serratura. Lorna era di fronte a lui dall'altra parte della porta, il volto cupo.

"Le carte in tavola sono state capovolte, mia cara", disse ironicamente. Perché non usi il tuo sarcasmo adesso?

"Pensi di poter uscire di qui vivo?

"Chi ne dubita? Quello che ho detto era vero. Ascolta.

Lui e Lorna tenevano le orecchie fuori dalla finestra.

E, con sorpresa di James, voci di comando risuonarono fuori, facendolo sussultare.

Era possibile che fosse Cramer?

Guardò l'orologio. No, non avrebbe potuto mettere in moto i suoi uomini in così pochi minuti, tanto meno ci è arrivato.

A meno che la lettera non fosse stata consegnata prima del tempo stabilito.

"Cosa pensi?" Ha chiesto a Lorna.

"Sei una... una..." esclamò con gli occhi scintillanti.

Anche gli uomini fuori dovevano aver sentito qualcosa di insolito, perché le loro voci agitate non si sentivano più nel corridoio.

"Si stanno preparando a resistere", disse James a Nell, che gli si era avvicinato. Sai maneggiare una pistola?

"Un po'", rispose lei. Henry mi ha insegnato.

"Prendi quello" indicò quello di Walter. Dobbiamo disabilitare la simpatica Lorna "Nell prese la pistola dal morto non senza un po' di apprensione e James ordinò di nuovo": Portate le corde delle tende.

Poco dopo, in concomitanza con il primo sparo, che annunciava che le spie si preparavano a difendersi fino alla fine, Lorna lanciò loro un'invettiva del tutto innocua, strettamente legata a una sedia.

"Che lingua, mio Dio, che lingua!" Disse James, scandalizzato. "E pensare che ci sono donne che possono parlare così. Attenta, Lorna, amore mio! Se ti muovi con violenza puoi abbattere la sedia.

La donna scintillava dai suoi occhi, furiosa come un'arpia.

Per James quel momento fu dolce come il nettare, rendendosi conto che, finalmente, sarebbe stato trionfante nell'incontro. Nell si avvicinò a lui.

"Guardala", disse il marinaio. Da diversi giorni giochiamo a chi prende in giro chi e finalmente...

Una voce tonante dall'esterno lo interruppe. Chi ha parlato lo ha fatto attraverso un altoparlante

e il suo avvertimento riempì tutti gli ambienti della casa.

"Arrenditi! Sono recintati e non hanno possibilità di fuga.

James si accigliò sorpreso. Conosceva quella voce.

"Ma è Sturges!" Egli ha esclamato.

Le cose hanno continuato a prendere una piega favorevole. Ora era solo necessario che Cyrus Sturges avesse portato forze sufficienti per prendere d'assalto la villa prima che i suoi occupanti riuscissero a irrompere nell'ufficio.

Una raffica fu la risposta all'intimidazione di Sturges.

Con lei, le spie hanno definito il loro atteggiamento. Hanno preferito vendere cara la loro vita per arrendersi.

La sparatoria è diventata generale e dai finestrini hanno cominciato a penetrare strisce di luce, provenienti dai fari delle auto che circondavano la casa da tutti i lati.

"Nell, dobbiamo fare qualcosa," disse James. Aiutami.

Tra i due misero dei mobili dietro la porta, ma i difensori della casa sembravano molto impegnati a respingere l'attacco dei loro nemici, poiché li ignoravano.

Passò così mezz'ora, durante la quale si convinse che entrambi si erano dimenticati.

"Dobbiamo fare per aiutare gli estranei", ha detto.

I colpi dei difensori dello chalet erano sempre meno nutriti, segno sicuro che stavano subendo perdite.

La cosa più comoda sarebbe stata aspettare la fine della mischia nella relativa sicurezza dell'ufficio.

Ma la presenza di Sturges diede a James dei sospetti che non erano affatto piacevoli, e si disse che quanto maggiore era la sua collaborazione, tanto meno i suoi compagni dubitavano di lui.

«Esco, Nell», disse. Prenditi cura di quella strega.

"Non farlo, Jim. In pochi minuti sarà tutto finito.

Il marinaio la prese affettuosamente per entrambe le spalle.

«Devo, Nell, non capisci? La mia situazione è molto delicata. Nel migliore dei casi, sono stato ingannato e devo collaborare il più possibile.

Deglutì a fatica e scosse la testa.

"Penso che tu abbia ragione", disse. Ma, per l'amor di Dio, Jim, stai attento.

Le strinse dolcemente le mani e cominciò a rimuovere i mobili ammucchiati dietro la porta senza far rumore.

Poi sganciò il chiavistello e l'aprì lentamente.

Il rumore degli spari provenienti dal basso si fece più distinto.

Prima di saltare fuori dall'ufficio, James guardò attraverso la porta semiaperta, ma non vide nessuno.

L'odore di polvere da sparo gli ferì le narici mentre sporgeva cautamente la testa.

Immediatamente fu preso per il collo e buttato fuori e qualcuno gli diede una spinta terribile che lo scaraventò contro la ringhiera delle scale.

James ha perso la pistola nell'incidente.

Si mosse come un gatto e fu in grado di fissare il volto malvagio del Maestro.

Il marinaio si girò mentre il mastodonte premeva due volte il grilletto.

Uno dei proiettili affondò nel pavimento, ma l'altro colpì il bersaglio e James sentì il piombo mordergli la coscia destra.

"Ti ammazzo" ruggì il gigante. Ti ucciderò come un cane. cadrò, ma tu...

Si chinò su James e lo sollevò in piedi con la mano sinistra, gettandolo contro il muro.

Il marinaio cercò di aggrapparsi ad esso, ma le sue forze gli vennero meno e andò a sbattere contro il muro con forza bestiale.

Gemette e scivolò lungo il muro finché non fu seduto sul pavimento.

Il Maestro sollevò di nuovo la pistola e James chiuse gli occhi, aspettandosi l'inevitabile.

Sentì perfettamente tre colpi, ma non sentì il minimo dolore e si chiese come fosse possibile che il Maestro avesse mancato i colpi a quella distanza.

Tra le nebbie che lottavano per impossessarsi del suo cervello, lo vide barcollare e, stupito, volgere la testa verso la porta dell'ufficio.

Nell era lì, con in mano la pistola di Walter, con la quale aveva sparato. Il Maestro la guardò sorpreso quanto lui.

La sua forza doveva essere enorme, perché, nonostante avesse concesso i tre proiettili, stava ancora lottando per raccogliere la pistola caduta a terra.

Alla fine ci riuscì e barcollò davanti a Nell, stringendogli il fianco con la mano sinistra.

"Spara... Nell!" esclamò James con voce roca.

Una specie di tuono uscì dalla mano della ragazza, che contemporaneamente chiuse gli occhi.

Il Maestro grugnì e fece qualche passo indietro. Cercò di aggrapparsi alla ringhiera delle scale, ma non ci riuscì, e rotolò giù nel corridoio, dove rimase immobile.

Un uomo è uscito da una delle stanze al rumore degli spari.

Era in maniche di camicia, arruffato e sporco. La disperazione era nei suoi occhi mentre alzava lo sguardo e quando vide Nell correre verso James, le sparò, ma non riuscì a raggiungerla.

Poi corse di sopra. Nell gli ha sparato due volte.

Il secondo, il martello è caduto nel vuoto e la ragazza gli ha lanciato la pistola. L'uomo chinò la testa intorno a lei e continuò a salire, arricciando furiosamente le labbra.

Nell si rannicchiò contro James, determinata a proteggerlo. I suoi occhi caddero sulla pistola del marinaio caduta dalla ringhiera e corse verso di essa, prima che riuscisse a raggiungerla l'uomo allungò una mano e le puntò la pistola.

"Congela...!" Ruggì.

Come se il suo grido fosse stato un segnale, un ruggito infernale echeggiò nel corridoio.

I proiettili furono bombardati a dozzine, tutti allo stesso tempo.

Pezzi di legno della ringhiera volarono in aria, mescolati a scaglie di intonaco dal soffitto.

L'uomo gemette e cadde all'indietro crivellato di proiettili. Nell ha abbinato il suo gemito con uno svenimento.

«Sì», rispose irritato il viceammiraglio. "Certo che ho ricevuto la tua lettera, ma quello che avresti dovuto fare è stato portare la tua scoperta all'attenzione di Sturges o di me. Sarebbe stato più facile per tutti.

"Mi dispiace Mr. ho dovuto essere io a smascherarli. Era mio dovere, dal momento che sono stato ingannato come un cinese.

"Questo ti aiuterà a stare più attento in futuro", ha detto Sturges. "A proposito. Non era necessario che tu avessi finito i fazzoletti per indicare la strada al viceammiraglio Cramer. Ho già fatto localizzare tutti i membri dell'organizzazione. Un mio agente ha seguito te e quella Lorna fuori dall'hotel.

James rise piano. Era sdraiato sul letto in una grande stanza del Navy Hospital, e Cramer e Sturges erano seduti accanto a lui.

"Di che stai ridendo?" Chiesto il primo.

"Ho detto a Walter, intendo l'individuo scheletrico il cui corpo è stato trovato in ufficio, gli ho detto che un agente del controspionaggio mi aveva seguito e non voleva credermi.

"Bene, Hunter", disse Cramer, alzandosi. "Sono contento che sia andato tutto bene. Lo sai che per un attimo abbiamo avuto paura che fossi in combutta con questi farabutti?

"Me?" Chiese James stupito. Per quale motivo dovrebbe esserlo?

«Per amore di Lorna, naturalmente.

"Non era amore quello che provavo per lei", rispose James. Adesso lo so.

"E suppongo che sia stata Nell Lawson a farti notare la differenza, giusto?

"Infatti," sorrise James. Ehi, Sturges, qualcuno di loro è scappato?

"Nessuno. Abbiamo addebitato dodici buoni pezzi, la maggior parte dei quali stavamo cercando. E gli agenti del Canada sono partiti con noi. Vedi, Hunter, ti sei esposto inutilmente.

"Credi?" Chiesto quest'ultimo.

"Bene," concesse Sturges. Forse non era del tutto inutile. Almeno ha scagionato il suo nome dai sospetti.

I due uomini se ne andarono, ma la porta non si chiuse. Nell apparve in esso, chiudendolo dietro di sé, e avanzò verso James.

"Come ti senti?" Chiese.

«Molto bene, Nell... sei stata molto coraggiosa ad affrontare quella bestia. Lo sai che ti devo la vita?

Lei arrossì intensamente.

"Cos'altro potrei fare, Jim?" Chiese.

"Sei ammirevole," affermò, prendendole la mano. "Ma tu non sai cosa hai fatto. Mi hai salvato la vita e ora dovrai tenerla... sempre.

La guardò negli occhi.

"Sarà un'occupazione molto piacevole, Jim," replicò lei, con gli occhi scintillanti di felicità.

"Sono contento che la pensi così. A proposito, una volta mi hai detto che le promesse fatte ai moribondi erano sacre. Sai che tuo fratello mi ha fatto promettere di sposarti?

Nell rise.

"Probabilmente è una bugia, ma comunque sono disposto a compiere la sua ultima volontà.

"Beh, non l'ha detto, ma sono sicuro che l'ha fatto. Nell, dobbiamo cercare di rafforzare le relazioni di buon vicinato tra i nostri paesi, non credi?

Afferma con la testa.

"Bene, allora, potresti darmi un piccolo anticipo.

Alzò la testa verso di lei, offrendole le labbra.

Nell Lawson si chinò leggermente e li sfiorò con la bocca, ma era caduta nella trappola.

Le forti braccia di Jim gli avvolsero il collo, ma non dovette sforzarsi per far durare il bacio per sempre.

FINE

90